魔空士の翼
蒼山サグ
イラスト―SO品

「ほらほら！　海ははしゃぐところだぞー！」

「ご、ごめんなさい……。慣れていなくて」

目次

CONTENTS

Design:Donut studio

魔空士の翼
-Sky Magica-

蒼山サグ
イラスト―SO品

Amin

CHARACTER PROFILE

アミン 身長176cm

どこの国にも属さない魔空士。『逃がし屋』として気ままな毎日を過ごしている。

Illustrator's Comment

全身黒っぽいデザインですが極力目立たず、隠密に行動したい彼には程よい、と。

空を飛び回るので髪なびかせたいなーと思い、長めにしてます。

Illustrator's Comment

プロローグ

prologue

「ミーリア！　もっとスピード出ないのか⁉」

隣にいる小柄な少女に向けて、魔空士《まくうし》アミンは叫び声を上げる。

「出せるよ〜。対魔障壁《シールド》薄くなっちゃうけどね〜」

「構わん、全魔力をブースターに回せ。弾は俺が避ける！」

「後ろの荷物が吐《は》いちゃうかもよ？」

「大丈夫だ。樽《たる》に詰めこんであるから機体は汚れない」

「アハハ、せいぜい汚物に溺《おぼ》れて死んじゃわないことを祈りますか〜。了解、全魔力をブースターに！」

ミーリアの光る両手が円形の魔導器に触れると同時、アミンの身体《からだ》に強烈な重力がのしかかった。さすが不世出《ふせいしゅつ》の魔包少女《エーテルキャット》と自負しているだけのことはあって、その魔力は未だ底が知れない。

これでもう少し性格にかわいげがあったら……などと思う暇もなく、アミンの魔空艇目がけ巡回艇からの魔弾が飛んできた。

「攻撃確認！　二発！」

「わかってる」

アミンは力いっぱい操縦桿《そうじゅうかん》を倒し、海面目がけ急降下する。かと思えば急上昇。巡回艇から放たれた魔弾はあえなく波《なみ》しぶきに消えた。

「弾幕うっすいね～。ろくなエーテルキャット積んでないとみた」

「それはいいが、わが頼もしきろくなエーテルキャット様よ。全然振り切れないんだが。お前全力出してんのか？」

「この艇《ふね》が悪い。あたしの魔力の半分も受け止め切れてないよ」

「……さいですか」

歯噛《はが》みするアミン。改造しているとはいえ、確かに相棒である漆黒《しっこく》の魔空艇『バックパサー』は二世代も前の規格だ。対するはディーナ帝国の最新艇。性能で劣るのは認めざるを得ないところだった。

「めんどいな。もう墜《お》としちゃおうよアミン」

「却下。こうして『逃がし屋』を続けてられるのもこっちからはどの国も攻撃してないからだ。世界を敵に回せば空の居場所が消える」

「そしたらまた墜として墜として、空の覇者《はしゃ》になっちゃえばいーじゃん」

「オトナの世界はそう甘くない。無駄話してないで集中しろ十一歳」

「また歳のこと言う～。わかりましたよーっだ」

「次弾確認。揺れるぞ」

右へ左へ艇を振り、アミンは巡回艇から発射される魔弾を巧みに躱《かわ》す。確かにミーリアの言う通り攻撃の手はぬるい。魔力供給源であるエーテルキャットが力不足なのか、はたまた本気で撃《う》ち墜とす気がないのか。

後者の可能性もありえる。数え切れないほど繰り返してきた追いかけっこだ。その度《たび》に逃げ切ってきたアミンにうんざりして、職務怠慢《たいまん》に陥《おちい》っているのかもしれない。

「あと200！　キーライラの領空に入るよ！」

「ごくろうさん。あくびが出るほどのどかなフライトだったな」

「お金入ったんだからブースター増強してよ。そしたらもっとすごい景色見せたげるからさ～」

「考えとく！」

全速前進する艇の操縦桿を握りしめるアミン。ここまで来ればもう撃ってはこないだろう。領空侵犯《しんぱん》ギリギリを攻めてくるような技術も胆力も、相手側にはないとみた。

はたしてそれ以上の追撃は受けず、アミンのバックパサーはキーライラ王国の領空に突入する。次の瞬間ディーナ帝国の巡回艇は方向転換し、あっさりと引き返していった。

「にんむかんりょー」

「まだだ。ちゃんと荷物を降ろすところまでが逃がし屋の仕事」

「生きてると良いけどね～」

「……ま、大丈夫だろう」

操縦桿を傾け、城下町から離れた草原地帯を目指すアミン。中立を謳《うた》うキーライラ王国といっても、いや、だからこそ不審艇が人目についてしまうのはまずい。

「あの辺で良いか。ミーリア、着陸準備」

「いーんじゃない。りょーかい。ブースター転換よろ～」

バックパサーが減速し、静かに大地へ降り立つ。ミーリアの魔力制御は相変わらず完璧で、ほとんど揺れることもなく艇は静止した。並のエーテルキャットの仕事ではこうはいかない。アミンとしては楽すぎて魔空士としての退屈さを覚える始末だった。

アミンとミーリアは艇を降りた。

「ん～。いい天気だねー」

ぐっと伸びをするミーリア。狭い艇内から解放されて笑顔がこぼれる。金髪の髪をひと房に結わえたその横顔は美しく、水色の宝石のような瞳が無邪気に輝いている。一目見ただけならどこのご令嬢だと話題にもなろう。誰もその中身が全身凶器のような存在であるとは思うまい。

「さて、荷物の状態はどんなもんか」

バックパサーの後ろに回り、アミンは貨物室の扉を開く。中には大振りの樽が一つだけ横たわっていた。載せた時は立てておいたのだが、やはり激しい旋回運動で転がってしまったらしい。

「開けるぞ。ミーリア、手伝ってくれ」

「やだなー。服汚れないかな」

「神様にでも祈ってろ」

しぶしぶといった感じのミーリアと共に樽を転がし、草原の上で蓋《ふた》を開く。瞬間、酸っぱい臭いが辺りに立ちこめる……といったこともなく、アミンはほっと胸をなで下ろした。

「おえええええええええええ！」

などと油断したのもつかの間、『荷物』は大地に這《は》い出《で》ると同時に盛大な吐瀉物《としゃぶつ》を辺りに撒《ま》き散《ち》らした。

「あーもう。ここまで我慢したなら最後まで吐かないでよ」

腰に手を当て、呆《あき》れ顔《がお》のミーリア。

「む、無茶《むちゃ》を言うな。なんという操縦をするのじゃ」

キッと顔を強張《こわば》らせ、本日の荷物――ディーナ帝国の老貴族はアミンたちを睨《にら》みつける。名前も一応聞いたはずなのだが、長ったらしいので忘れてしまった。

「だから言ったたろ。昼間の飛行は見つかる可能性が高いって」

「深夜料金ケチったおっさんが悪いんだよ～」

口を揃《そろ》えるアミンとミーリア。言葉通り、この老貴族にも亡命するなら夜中がお勧めだと事前に説明をしていた。しかし、この男は料金の安い、その代わり危険が伴《ともな》う昼間の逃避を所望したのだ。

「わ、わかっておるわ。だからこそ夜中の仕事では先に家族を運んでもらったんじゃろうが。その時に儂《わし》も一緒に逃げるつもりじゃったが重量オーバーで飛べないと言ってきたのはそっちじゃろう」

「そうだったかミーリア」

「そうだったかもねアミン」

バックパサーの貨物室は狭い。本来は戦闘機なので必要最低限しかモノを運ぶ機能を備えていないのだった。

「ま、なんにせよ逃げ切れたんだ。町までは送ってやれないが、頑張《がんば》って歩いて家族と感動の対面をはたしな」

「客を客だと思っておらんなお主。帝国にいたなら死罪を食らわせてやったものを」

「ざんねん。おっさんはもう貴族じゃなくてただのおっさんだよ〜」

べーっと舌を出すミーリア。

「わかんねえな。なんであんたほどの大金持ちが何もかも捨ててキーライラに亡命を？　しかも、ここのところそんな依頼ばっかりだ。こっちとしては儲《もう》かって助かっているが」

アミンが尋《たず》ねると、老貴族は長いため息を漏《も》らしかぶりを振った。

「ディーナ帝国は危うい。今にもヴィブロ王国と戦争をおっぱじめるつもりじゃろう。大国と大国の衝突じゃ。儂らも戦火は免《まぬが》れまい。だから中立の立場を貫《つらぬ》くキーライラ王国に身を寄せるしかない。そう考えている者が儂らの他にもたくさんいるのじゃろうて」

ネイア海という内海を挟《はさ》んで睨み合うディーナ帝国とヴィブロ王国。両者の関係がひりついているのは今に始まったことではないので、一触即発なのはアミンも理解していた。

しかし。

「そんなにヤバいのか？　外から見てる分には一線を越えそうな雰囲気までは感じないが」

「金の流れを見ていればわかる。最近のディーナ帝国が兵器開発にかけている財量は尋常《じんじょう》ではない。いよいよ帝国としてネイア海の覇権を握ろうとしているのは目に見えておる」

「確かに今日の巡回艇もやたら速かったしね～。あれも最新型だよきっと」

「ふーん」

生返事を返すアミン。どこの国にも属さぬ根無し草として生きているアミンにとっては、あまり興味のない話題ではあった。むしろ仕事が増えて好都合とさえ感じるくらいである。

「それでは、儂は行くぞ。命は守ってくれたのだから一応礼は言っておく。二度とお主には頼まんがな」

「逃がし屋なんて他にいないぞ。ま、せいぜいまたしっぽを巻く時が来ないよう祈ってな」

「余計なお世話じゃ」

捨《す》て台詞《ぜりふ》を残し、老貴族は去っていった。

「戦争ねえ。なあミーリア。本当に起こると思うか？」

「しらなーい。でもま、ディーナの艇がどんどんいかつくなってるのは確かかもね。このままじゃ仕事にも影響出るんじゃない？」

言葉とは裏腹に、妙《みょう》に嬉《うれ》しそうなミーリア。おおかた好戦的な血が騒いでいるのだろう。

「何が言いたい？」

「だからさー、ブースター買い換えようよブースター。スピードさえ出ればあたしの力でなんとでもなるって」

普段なら聞き流していただろう。しかし、ふとアミンは漆黒の愛艇バックパサーを見上げる。相変わらず美しいフォルムだが、古さは否定できなかった。

「ま、考えておこう」

「やった！　珍しく物わかりがいーじゃん！」

「まだ買うとは言ってない。考えるだけだ」

「えー。今回の依頼でお金結構入ったんでしょ〜」

「美味《うま》いモノを食わせてやるくらいにはな。さ、移動しよう。こんな何もないところに長居は無用だ」

「りょうかーい。宴《うたげ》だ宴〜」

再びバックパサーに乗り込み、ミーリアの魔力を借りて艇を離陸させるアミン。キーライラ王国は西と東で睨み合うディーナ帝国とヴィブロ王国の真南に位置する小国で、中立を維持するためか人の流れに閉鎖的な国。アミンに居場所はなかった。寄りつくにはあの老貴族のように正規の亡命申請でもしないことには難しい。

だからアミンがひと仕事を終えた時、向かう先はいつでも決まっている。

「しゅっぱーつ」

ミーリアもそれを心得ているのでいちいち行き先を告げる必要もなかった。

「戦争、ねえ」

再び呟《つぶや》くアミン。

「気になるの？」

「別に。やるなら勝手にやればいいさ。俺たちの生活に支障が出ないならな」

「だいじょーぶだよ。とばっちり食らうようなことがあっても、あたしとアミンのコンビならなんでもないさ」

「確かに、そーかもな」

魔空艇が加速していく。日常の大半を空で過ごす魔空士とエーテルキャットを乗せて。

Mielia

CHARACTER PROFILE

ミーリア ―――― 身長141cm

アミンの相棒。魔包少女《エーテルキャット》の強い適性がある。

Illustrator's Comment

なびきやすいヒモっぽいデザイン。ミーリアは活発な子なのでこのヒモやサイドテールの髪で動きの活発さを表現したい。

Illustrator's Comment

あざとい！
だがそれがいい……

第一章

chapter:1

ディーナ帝国領の南方、ネイア海に浮かぶ岩礁《がんしょう》地帯に小さな孤島がある。

普通の人間ならば絶対に近寄らない魔の海域と呼ばれる場所だった。なぜならそこは、長年空賊《くうぞく》たちの根城《ねじろ》と化しているからだ。潜入して見つかったが最後、身ぐるみ剝《は》がされるだけでは事足りない悲劇が待ち構えているだろう。

その島に、アミンとミーリアは悠々と降り立つ。

「おかえり、アミン。ミーリアも」

船渠《ドック》で艇を降りると、褐色《かっしょく》の肌を持つ長身の女性に二人は迎えられた。彼女の名はロライマ。赤髪を乱暴に束ねたその見た目はいかにも姉御肌《あねごはだ》といった感じで、えも言われぬ頼りがいに溢《あふ》れていた。それもそのはず、ロライマはこの海域の空賊たちを束ねる長を務《つと》めているのだった。

「すまないなロライマ。また世話になる」

「謝《あやま》ることなんてないって。アミンには借りがあるんだから」

アミンたちが歓迎されるのにはわけがあった。数年前、一人の空賊を助けた縁で、情に厚いロライマから寵愛《ちょうあい》というべきか、もしくは信頼を勝ち取ることができた。以来、根無し草として生きてきたアミンにとって唯一の宿り木と呼べる場所が、この空賊たちの根城になったのだ。

「やっほーロライマ。ねえ、なんかいいパーツ入ってない？」

「ミーリアも元気そうだね。パーツって、魔空艇の？」

「そうそう」

「この前の戦利品にヴィブロ製の新型がいくつかあったかな。魔弾砲とかブースターとか。欲しいの？」

「ブースター！　やりぃ！　買った！」

「こらミーリア。勝手に決めるな」

「えー、いーじゃんか。必要投資だってば」

「アハハ。けっこうなブツだと思うよ。貴重品だから友情価格でもそれなりにもらうけどね。どうするアミン？」

「うーん。ロライマのお墨付《すみつ》きならなかなかのものなんだろうが……」

迷うアミンに、ロライマは顎《あご》に手を添えながらこうつけ足す。

「確かに、艇速は上げておいた方がいいかもしれないね。ディーナもヴィブロも、魔空艇の開発を急激に進めているみたいだから」

「……やっぱり、戦争に備えてか？」

「おおかたそんなところだろう。ウチらの艇もなかなか歯が立たなくなってきてる。今のままじゃアミンも仕事がやりづらくなると思うよ」

「確かに、ミーリアの言う通り必要投資かもしれないな」

「オッケー、商談成立。バックパサーは格納庫に運ばせておくよ」

「すまない、頼んだ。いつもの寝床、使わせてもらう」

「ああ、好きにしな。……と、夜になったら酒場にも顔を出してもらえないかい？」

「初めからそのつもりだが、どうした。改まって」

「んー、後で話すよ。とりあえずゆっくり羽を休めておくれ」

思わせぶりなロライマの口調は気になったが、丸一日不眠不休で『逃がし屋』の仕事を勤め上げ、さすがにアミンも疲れを感じていた。今は言われるままにしておこうと決める。

「わかった。ミーリア、行くぞ」

「ほーい。やっと寝れる」

あくびを嚙み殺すミーリアを引き連れ、勝手知ったる道を進むアミン。途中で何度か空賊に声をかけられたが、どれも友好的なものでアミンたちを疎《うと》ましげにする声は聞こえてこなかった。略奪を生業《なりわい》とする悪人たちではあるが、皆情に厚い。それは長たるロライマの影響が少なくないだろう。

「ちわ。また世話になるよ」

「アミンさんいらっしゃい。いつもの部屋を使ってくれ」

宿屋替わりにさせてもらっている家屋に辿《たど》り着《つ》くなり、主に金貨一枚を差し出すアミン。

「金なんていいって言ってるのに」

「もらっといてくれ。貸し借りはなしにしておきたいんだ」

無理矢理金を握らせ、階段を上り角部屋に入ると、簡素なベッドが置かれているだけの見慣れた風景が広がっていた。

「じゃあとりあえずおやすみ」

「おやす～」

ベッドに身体を投げだすと、当然のようにミーリアも毛布の中に入ってくる。性別は違えど、もはや家族も同然のミーリアなので別段緊張することもない。こうしてひとつの寝床を分け合うのは単なる日常に過ぎなかった。

やがて二人は深い眠りに落ちていく。

＊

目覚めると辺りはすっかり暗くなっていた。

「ん……。そろそろいい頃合いか。ほらミーリア、起きろ」

「ふわ～。あとちょっと～」

アミンの腕にしがみついて目を閉じているミーリアを揺すってみるが、一向に放してくれる気配がない。やれやれとアミンは力いっぱい腕を引っこ抜いた。

「夕食抜きでいいのか？　俺は先に行くぞ」

「えーやだ〜。待ってよ〜」

冷たく言い放つと、ミーリアも不満たらたらながらベッドから這《は》い出る。そのまま外に出ようとするのでアミンはミーリアの奥襟《おくえり》を摑《つか》んで引き留めた。

「待て。寝ぐせついてる」

「あら、ごめんあそばせ」

手ぐしでそっと髪を撫《な》でてやるアミン。ミーリアは気持ちよさそうにされるがまま身体《からだ》を預けてきた。こうして毛繕《けづくろ》いされるのは好きらしい。自由奔放《じゆうほんぽう》なところも含めてまさしく猫だなとアミンは思う。

「よし、行くぞ」

「お肉お肉〜」

「さて、高いものを頼む金が残ってるかね。散財しちまったからな」

「ケチくさいこと言わないでよ。貴族のじいさんからさんざんふんだくったくせに」

「人聞きが悪いな。ま、今日一日豪華なメシを食うくらいは大丈夫だろう」

「そうそう。宵越《よいご》しの金は持たないのが空賊の流儀」

「俺は空賊じゃない」

「空賊の根城なんだから空賊のやりかたに従うのがイキってやつでしょ」

「わかったわかった。好きなモノを食え」

「んふふ、そうこなくちゃ」

他愛もない話をしながら、酒場への道筋を辿るアミンとミーリア。近づいてくるにしたがって喧噪《けんそう》が耳に届いた。ならず者たちは早くも大騒ぎを始めているようだった。

店に入ると、あいにく満席。しかし奥のテーブルからアミンたちを手招きする人影があった。ロライマだ。

「賊長、ごいっしょよろしいですか」

「アミンはいいけどミーリアはダメ」

予想外の答えを返したのはロライマではなく、その隣に座っていた少女だった。短い髪と眼帯を身につけた中性的な顔立ちで、知らない者からすると少年に見紛《みまが》う可能性が高い。

「なんだとリゼ。また泣かすぞ」

「ボクがいつミーリアに泣かされた！　やっぱりお前は帰れ！」

少女の名はリゼ。理由はわからないが、初めて出会った時からミーリアとは折り合いが悪くてしょっちゅうケンカをしている犬猿の仲だ。

「記憶喪失？　痛い目見ないと思い出さないかな〜？」

ミーリアが両手を交差させ、バチバチと魔力を集中させる。エーテルキャットは魔空艇の動力として働けるのはもちろん、こうして直接的に魔法を発動することも可能だ。

いや、むしろ魔法が使えるからこそエーテルキャットを務められるという方が正しいか。

「今日という今日はその生意気な態度を改めさせてやる。歳ならボクの方が上なんだからな！」

リゼもまた拳を握り、手先に光を宿す。こちらは紅蓮《ぐれん》の炎を具現化した魔法だ。リゼも強い魔力を持ったエーテルキャットで、ロライマの相棒として名を馳《は》せている少女なのだった。

「やめな！　それ以上煩《うるさ》くすると二人ともつまみ出すよ！」

ドン、とロライマがテーブルを叩《たた》く。するとリゼもミーリアもビクリと背筋を伸ばし、魔力を霧散させた。さすがはならず者たちを束ねるだけあって重々しい迫力がある。

「ご、ごめんなさいロライマ様」

「そ、そんな怒んないでよ～。軽い挨拶《あいさつ》じゃん」

作り笑いを浮かべて、ロライマの機嫌を窺《うかが》うエーテルキャットたち。どうもミーリアはアミンよりロライマの方を恐れている節がある。面目的に少し複雑な思いを感じるアミンだったが、せっかく静かになったのだからとここは呑《の》みこんでおくことにした。

「二人とも座って」

促《うなが》され、腰かけるアミンとミーリア。テーブルには既にたくさんの豪華な食事が用意されていた。

「好きなだけ食べとくれ。今日は私のおごりだ」

「やった！　ロライマ大好き！」

言われるが早いか、骨付き肉を手に取りかぶりつくミーリア。

「大盤振る舞《おおばんぶるま》いだな。いったいどうした」

「つまらない話につき合ってもらうお礼だと思ってくれ」

ふと、真剣な顔を浮かべるロライマ。軽い与太話《よたばなし》ではないことはそれだけでわかる。

「これだけ歓迎されたら聞かないわけにもいかないな。なんだ?」

「アミン。あんた、『赤い亡霊《ぼうれい》』って知ってるか?」

「赤い亡霊? いや、聞いたこともない」

「そうか。なら、ここからの話は他言無用で頼む。空賊の面子《メンツ》にも関わってくるから」

「面子、ねえ」

「戦争が始まりそうなことは、アミンもなんとなく気づいているんだよな」

「ああ、いろいろ聞かされてる。戦争になると空賊も商売あがったりか?」

「いや、そうでもないだろう。今まで通りヴィブロ王国の艇だけを狙《ねら》っていればな。どうもディーナ帝国は、私たちを利用している節がある」

「利用?」

「ヴィブロだけを襲っているなら、略奪《りゃくだつ》行為にもお目こぼしってわけ。ディーナ帝国の利になるからな。でなけりゃこんな小島、一晩で滅ぼされちまう。それも気分の良い話じゃないが、この拠点を失うよりはマシだから」

少し自嘲気味《じちょうぎみ》に笑うロライマ。空賊の長として、背に腹はかえられない部分もあるのだろう。

「てことは、戦争になっても空賊さんたちには関係ない話じゃないのか？　それともディーナに楯突《たてつ》く計画があるとか？」

「まさか。と言いたいところなんだが……」

ロライマが語尾を濁す。

「おいおい、本気か？　ディーナ帝国領に居を構えて無事でいられてるのはヴィブロ狩りを専門でやってきたからだって、自分が言ったばかりだろ」

「そうなんだが、実はここ最近、ディーナ領でウチの艇がいくつも墜とされてる」

「ディーナ領で？」

「ああ。幸い人死には出てないんだが」

「誰も死んでない？　墜とされてるのにか？」

「それも不思議な話さ。みんな上手《うま》いこと尾翼《びよく》にだけ弾を食らって不時着《ふじちゃく》。狙い澄ましたようにね」

尾翼だけを攻撃し、人死にを出さずに空賊を撃墜《げきつい》する。並大抵の技術では実現不可能なことだった。

「……話が呑み込めないな」

「こっちも混乱してる。それで、逃げ帰ってきた仲間たちがみんな口を揃えて言うのさ。真っ赤な魔空艇一機に付け狙われて墜とされたって」

「真っ赤……それが『赤い亡霊』ってわけか」

「そういうこと」

「ディーナの艇。そう考えるしかないよな」

「ディーナ帝国領内で単独飛行してるわけだからね。もしかしたらアミン、あんたみたいな根無し草が私らを挑発しているって可能性も考えたけど、知らないんだよな?」

「ああ。すまないがそんな輩《やから》聞いたこともない」

そもそもアミンのようにどの国にも属さず『個人事業』を営んでいる魔空艇など、少なくともネイア海域では噂《うわさ》にも出ない。アミンにとっては寝耳に水の話だった。

「そうか。まあそうだろうと思ったけど」

ロライマの顔がよりいっそう険しくなる。不穏な空気を感じてアミンは静かに問うた。

「報復する気か?」

「空賊にも面子があるからね。やられっぱなしで放っておくわけにもいかない」

「でも、ディーナの艇なんだろう?　だとしたら……」

「虎《とら》の尾を踏む可能性もある」

「やめとけ。どう考えても得にならない」

「仲間たちの怒りが爆発寸前まで来ている。今は私の声がギリギリ届いているけど、この先どうなるかわからない。大挙《たいきょ》して討伐《とうばつ》に出るって話が後を絶たない」

「それはマズいだろう。ディーナ領で派手に暴れたら、せっかくのお目こぼしもご破算《はさん》だ」

「ああ、マズいね。だから、私とリゼだけでやろうかと思ってる」

「やるって、墜としに行くってことか。それも感心しないな。長のあんたがやられたらどうする？」

「なんだとアミン！　ボクとロライマ様が負けるって言うのか！」

それまで黙々と食事を進めていたリゼが、肉汁で汚れた口元を歪《ゆが》めいきり立った。

「ロライマはともかく、リゼの魔力じゃ怪しいもんだね」

「このガキ……！」

ミーリアが火に油を注ぎ、リゼは再び拳に炎を宿す。

「やめな、リゼ。事実、勝算があるとは言えない」

「ロライマ様!?」

「リゼの魔力のせいじゃない。墜とされたウチの仲間は腕利《うでき》きばかりだった。なのにそれを正確に尾翼だけ貫いたって言うなら、魔空艇の性能自体が段違いな可能性が高い。私の艇で勝負になるかどうか」

「そう割り切って考えられるなら、尚さら止めろ。俺の口から言うような話じゃないが、あんたには立場がある。王は軽率に動かしちゃいけない。鉄則だろ」

「だから困っているのさ。なあ、アミン。どうするのがいいと思う?」

「回りくどい言い方するね〜」

食べ終えた肉の骨をプラプラ振りながら、呆れ声を出したのはミーリアだった。

「はっきりこう言えば良いじゃん。アミンに面白い仕事があるって」

「…………………」

ロライマは黙った。その沈黙が答えそのものなのだろう。

「俺に行けと?」

「そうは言わない。……ミーリアの言葉が的を射ている。商売の話として聞いてもらいたかったんだ。どうだい、アミン。不審艇狩りに興味はないかい? 報酬は弾むよ。そうだ、なんなら今装着しているブースターも、タダでプレゼントしてやってもいい」

「やるやる! やりぃ、大もうけじゃん!」

「ミーリア、勝手に返事するな」

「なに、迷ってるの? あたしとアミンなら楽勝だって」

「問題はそこじゃない。相手がディーナ帝国の艇だった場合、たとえ墜とせたとしてこっちも仕事がやりづらくなる」

「……だろうね。だから無理強《むりじ》いはしない。断《ことわ》られても恨《うら》みっこなしだよ。そこは保証する」

「………………美味い食事をありがとう、ロライマ」

言葉とは裏腹にほとんど皿に手をつけないまま、アミンは立ち上がるとそのまま酒場を出ていく。

潮の香りがする夜風がアミンの身体を包んだ。岩礁《がんしょう》に守られているせいか、辺りの海域や住んでる人間の荒々しさからは考えられないほどこの島は穏やかな空気に満ちている。

「ねーアミン待ってよー。まだ食べてる途中だったのに！」

ミーリアが右手に抱きついてきた。構わずそのままアミンは歩き続ける。

「やらないの？」

「何が？」

「ロライマの話に決まってるじゃん。お金儲けのチャンスだよ」

「今の生活が崩れる分岐点《ぶんきてん》かもしれない」

淡々と返事すると、ミーリアはほんの少し眉《まゆ》をひそめた。

「アミンさ、本当は人を殺すの嫌《いや》がってるんじゃないの？　だってあの日からもうずっと――」

「あの日、お前と一緒に殺しまくったから今生きてるんだろ」

「そうだよ。あの日があって、アミンは魔空士になって、あたしはエーテルキャットになった。人も殺した。今さら平和主義なんて虫が良いよ」

「平和主義なんて大層なモノはかかげてない。あるのは打算だけだ」

「……どこ行くの？　宿はこっちじゃないでしょ？」

ミーリアを無視してアミンは黙々と歩を進めた。向かった先はバックパサーの待つ格納庫だった。

「アミンさん、ちっす」

中に入ると、アミンに気付いた整備士が振り返って空賊特有の敬礼を向けてくる。

「遅くまでご苦労さん。換装《かんそう》、終わったのか？」

「へへ、もういつでも飛べますよ」

自慢げな空賊の肩をポンと叩き、金貨一枚を賞与として手渡すアミン。

ブースターを見る。以前のより一回り大きく、いかにも出力が高そうな見た目をしていた。

「そうか、ありがとう。……ところで、『赤い亡霊』とやらが出る空域、知ってるか？」

「アミン！」

「もちろんでさあ。アレには一泡《ひとあわ》吹かせてやらないとってみんな息巻いてますから！」

アミンは整備士から情報を仕入れ、地図に赤丸をつける。

「ミーリア、飛ぶぞ」

「もっちろん！　んふふ！」

そのまま整備士に別れを告げ、アミンとミーリアはバックパサーに乗りこんだ。

「さすがはアミン！　なんだかんだ言ってほっとけないんじゃん」

「高そうなブースターだ。もう一働きしないと懐《ふところ》が寂《さび》しくなる」

「素直じゃないなあ。この島が好きだから護りたいって言った方がかっこいいのに」

「わざわざ貸しは作らない。対価として労働力を提供するだけだ」

「はいはい。それでいーよもう。とにかくしゅっぱつしんこ～！」

ミーリアが魔導器に手を触れると、艇の内部機器が淡く光りを放つ。ゆっくりと格納庫を出てから、ブースターを転換させ垂直に浮上するバックパサー。

格納庫の近くで、整備士の男がいつまでも手を振ってアミンたちを見送っていた。

＊

「速い速い～♪」

島を離れてから、全速力で風を切るバックパサー。加速時に感じた重力の強さで、艇の速度が格段に増したことをアミンも実感できた。

「嬉しいのはわかるが魔力のムダ使いはよせ、戦闘中にバテられたら困るぞ」

「これくらいであたしがバテるわけないじゃーん！」

窘《なだ》めても無駄だとわかりつつ、苦言を呈《てい》するアミン。結果、やはり無駄に終わったが。

「しかしこの地図、本当に合ってるのか？　こんなところ何もないぞ」

示されていたのは、ディーナの帝都から南東に外れた山岳地帯だった。ここで艇を襲う『赤い亡霊』とやらの意図がわからないし、そもそも空賊たちもなぜこんなところを飛行していたのか。

「あ〜、なんか聞いたことあるよ。その辺りで空賊の連中が賭《か》けレースしてるって」

「そうなのか。……なら、赤い亡霊さんははっきりと空賊狙いで戦闘を仕かけてたってことになるな」

「そうなりそうだね〜」

ますます意図がわからなくなるアミン。ロライマに言わせれば、空賊とディーナ帝国は歪《いびつ》な共生関係を保ってきていたはずなのだが。

「まあ、細かいことを気にしても今さらか」

「そ〜そ〜。まずはこのスピード感を楽しもうよ！」

すっかり上機嫌のミーリア。事実、艇の強化は予想以上に上手くいったようだ。ヴィブロ王国製のブースターという話だったが、あちらの軍備力もディーナと同等に侮《あなど》れない。

やはり、戦争が起こる前触れか。

「本業の方もこれから忙しくなりそうだな」

「逃がし屋？　これだけスピード出るなららくしょーでしょ」

そうかもしれない。むしろ心配すべきは、控える『副業』の結果の方か。赤い亡霊、いったいどれほどの相手なのだろう。目標地点まではまだしばらくかかりそうだが、アミンは今のうちに気を引きしめておく。

艇を飛ばすことしばし。ネイア海域を抜け、ディーナ領の大陸上空までやってきた。ここからはいっそう、巡回艇にも気をつけなければならない。赤い亡霊と一戦交える前に追いかけっこが始まってしまったら始末に困る。

「ミーリア、高度上げるぞ。それから探知魔法の発動頼む」

「慎重だねぇ。ま、いーけど」

バックパサーが雲に吸いこまれる。ミーリアが魔導波を飛ばしてくれているのでバッタリ他の艇と鉢合《はちあ》わせになる前に機影は確認できる。ならばこうして雲の中を進むのが最も安全な策となるだろう。

白い闇の中、バックパサーは一直線に目標地点を目指す。時刻は深夜に突入していた。

「赤い亡霊さんは年中無休なのかな」

「あたしが知るわけないじゃん。……慌《あわ》てて飛び出さないでもっと情報仕入れてくればよかったのに」

「反省している」

「いても立ってもいられなかったんでしょ。わかってるわかってる」

「そんなんじゃないって言ってるだろ。なかなか出てこなかったら、しばらく持久戦になるな」

「それもヒマだな〜。パパッと登場してくれるといいんだけど」

無駄話を重ねているうちに、目標地点が近づいてきた。

「よし、高度を下げてみよう」

「はいよ～」

操縦桿を倒し、雲の下に降りるアミン。辺りには細長い岩山がいくつもそびえ立っており、低高度での飛行はそれなりに気を使わねばならない地形だった。

「なるほど。命知らずたちがレースに明け暮れるにはもってこいなコースだな」

「あたしたちにとっては障害物競争にもならないけどね…………ん、アミン！」

「よかったなミーリア。『夜釣り』を楽しむ時間はなさそうだ」

ミーリアの魔導波が、猛スピードでこちらに近づいてくる機影を捕捉《ほそく》する。アミンの目の前に設置された探知図にも、魔空艇を示す点がはっきりと映し出された。

「あと３００――速い、もう来る！　魔弾確認！　十六発！」

「派手な歓迎だ！」

艇を左に旋回させ、弾幕から機体を逸《そ》らすアミン。その真横を一直線に、細長い出で立ちの魔空艇が走り抜けていく。

月明かりに照らされたその色は、眼《め》の醒《さ》めるような真紅――。

間違いない、『赤い亡霊』だ。

「夜遅くまでご苦労なことで！」

横倒しになった機体を水平に立て直し、赤い亡霊の背後を狙うアミンたち。しかしその距離はなかなか縮まらない。

「速度は同等か。間違いなくディーナの最新艇だな！」

「アミン、反転した！　正面から来る気だよ！」

「前方シールド展開！　同時に誘導弾！　何発撃てる!?」

「三十五億！」

こんな時によく冗談が飛ばせるなと呆れるやら感心するやらのアミン。ミーリアの声色は嬉々《きき》と潤《うるお》っており、久しぶりの戦闘に胸を躍らせているのが伝わってきた。

夜空が煌々《こうこう》と光る。両方の機体から、幾多の魔弾が放出された。

その数、十二対十二。連射性能もほぼ互角と見てよさそうだ。それ即ち、相手もミーリア級のエーテルキャットを搭乗《とうじょう》させているという意味になる。

既にアミンは悟《さと》らされた。この勝負、一筋縄《ひとすじなわ》では決着しない。

「三十四億ウン千万足りないぞ子猫ちゃん！」

「敵さんのも誘導弾だ！　バック取られるよ！」

「無視かよ！」

もはやミーリアも冗談を飛ばしている余裕がないのだろう。アミンは短く叫ぶに留《とど》めて迫りくる弾幕をひとまず躱してやり過ごす。再び脇を抜けていく赤い機体。

「ブースター全開！」

「後方シールドは⁉」

「いらん、避ける！」

「信じてるからね〜！」

一度は回避した十二の魔弾が、磁力に引かれるようにバックパサーの後ろを追尾してくる。対処法は二つ。シールドで防ぐか、振り切って凌《しの》ぐか。前者は得策ではないと直感するアミン。シールドに着弾するとその度にミーリアが魔力を大きく消費する。長期戦が予想される中、エーテルキャット頼りの局面はなるべく少なくしたいところだ。

「前見てる⁉　岩山に突っこむよ⁉」

「好都合じゃないか」

アミンは巧みに操縦桿をうねらせ、切り立った崖《がけ》の間をスルスルと抜けていく。その度に敵機から放たれた誘導弾が山肌に着弾し、その数を減らしていった。

「あと三発……二……一……！　ひゅう〜！　さすがアミン、やるじゃーん」

全弾を岩山に衝突させ、誘導弾を振り切ったアミン。すかさず高度を上げてすれ違った赤い亡霊の捜索《そうさく》を開始する。

「こっちの誘導弾が当たってると良いんだけどな」

「すぐ襲ってこないところを見るとその可能性もありそうだね」

刹那《せつな》の沈黙が訪れた。切り返してくると思われた赤い機体は、アミンたちの視界に映らない。

「ミーリア、索敵」

「りょーか……えっ!?」

ミーリアが魔導波を飛ばした瞬間、アミンの身の毛がよだつ。探知図に映し出された点は、バックパサーとまったく同位置。つまり――。

「上だ！　上から来るよっ！」

「ブースター全開！」

赤い機体がはるか上空から急降下してくる。咄嗟《とっさ》に全速力で艇を飛ばしたアミンは、間一髪で降り注ぐ魔弾を回避する。

しかし敵の猛攻は休むことを知らない。機体を水平に立て直しつつバックパサーの背後に迫り、魔弾の雨あられを発射。

「今度は速射弾かっ！」

粒子の細かい弾幕は追尾性能こそないものの、その数と速度で誘導弾に勝る。近距離から発射されれば避けるのは至難の業だった。

「ヤバい、完全に後ろ取られた！」

「わかってる、捻《ひね》りこむぞ！」

アミンは機体を急上昇させる。そのまま一回転する勢いで艇首を持ち上げたその瞬間、

「ミーリア、右ブースター停止！」

「がってん！」

片方の動力のみを断《た》った。するとバックパサーはきりもみ状に落下。重力に全てを預け大地へと突進していく。

「点火！」

そして再び両方のブースターに魔力を注ぐことで水平飛行へと戻る。エーテルキャットとの呼吸が一瞬でもずれれば大事故は免れない大技だった。

「今度はこっちの番……なっ!?」

自由落下により逆に背後を奪えたと思った矢先、目の前に赤い機体がないことに気づいて愕《がく》然《ぜん》とするアミン。

「アミン、まだ後ろだっ！」

「バカな、まさか捻りこみに捻りこみを被せてきたのか!?」

赤い機体は変わらず背後にいた。つまり、アミンたちがとった軌道とまったく同じ動きを重ねてきたということだろう。そして再度の速射弾。無尽蔵の魔力にも、その技術にも舌を巻かざるを得ないアミンだった。

「しんじらんない！　どーすんの!?」

絶叫するミーリア。まだなんとか速射弾は躱すことができているものの、その精度がどんどん正確になっていることを肌で感じる。着弾してしまうのも時間の問題に思えた。

「正攻法だとジリ貧だな……！　ミーリア、『スカンク』やるぞ！」

「マジで!?　あれやるとさすがのあたしもしばらくはヘロヘロだよ!?」

「一発に賭ける。後方シールド展開！」

「どうなっても知らないからね！」

やけくそ気味に叫びながらもミーリアは指示に従ってくれた。それを確認してアミンは旋回を止め、真っ直ぐにバックパサーを走らせる。当然、背後は敵の速射弾の餌食《えじき》に。

「にゃうっ！」

機体に衝撃が走るたび、魔力を奪われたミーリアの顔が歪む。シールドで受け止めきれる弾数は無限ではない。ミーリアの魔力が尽きればそれまでだ。
十、二十と敵の弾幕が艇を捕らえる。ここぞと艇間の距離を詰めてくる赤い機体。一気にシールドを破るつもりだ。
「も～限界！」

「よく堪《こら》えた！」

バン、とことさら強い衝撃音がバックパサー内に響く。ミーリアのシールドが破られた証《あかし》だった。

これでもはや、ミーリアの魔力は半分しか残っていいない。

「いくぞ！　後方に散弾！　全力で撃て！」

「とびっきりのやつを食らえ！」

残る半分は、最後の攻撃のために温存していた。

青白い光が轟音《ごうおん》と共に拡散し、敵機を広範囲に呑み込む。

「着弾確認！　よくやったミーリア！」

赤い機体からの攻撃が止んだのを確認し、拳を突き合わせるアミンとミーリア。

「墜ちた？」

「墜ちたろう、あれを至近で食らったんだ。だが、一応確認しにいかないとな」

引き返し、着弾地点まで戻ろうとするアミン。艇のスピードは非情に緩やかだった。もはやミーリアは飛行状態を保つだけで精一杯なのだろう。

「このままじゃ帰れないな。どこかで休んでいくしかないか」

「野営の道具持ってくるべきだったね～」

「ああ。まさか奥の手まで披露させられることになるとは思わなかった」

アミンとミーリアが苦笑し合う。

その時だった。

――ドスン！

バックパサーの上部に衝撃が走る。

「な、なんだ⁉」

「赤い亡霊だ！　まだ墜ちてない！」

見上げれば、ボロボロになりもくもくと煙を上げながらも辛《かろ》うじて飛行を続ける赤い機体の姿が。

しかも、満身創痍《まんしんそうい》の『亡霊』からは未だ攻撃の意思が伝わってくる。

「しつこすぎだろ！　何する気だ⁉」

「見たまんまだよ、体当たり！　こいつ、巻き添えであたしたちのことも墜とすつもりだ！」

慌てて操縦桿を持ち上げるアミン。しかし、こちらの動力も弱く、上に覆い被さった赤い機体は微動だにしない。それどころかその重量に負けてどんどん互いの高度が下がっていく。

「ミーリア、踏ん張れないか⁉」

「踏ん張ってるよ！　踏ん張ってこれが限界！」

「仕方ない！　このまま不時着する！　機体制御だけなんとか頼む！」

「言われなくてもやるけどもうこれ以上ホント何にも出ないぞ！」

「俺も頑張る、お前も頑張れ！」

操縦桿を握り、なんとかバランスだけは保ち続けるよう奮闘するアミン。ガクン、ガクンと高度を落としていく折り重なった二艇。地面はもう間近に迫っていた。

「墜ちるぞ！　こっちこい！」

「わわっ⁉」

大地と衝突する寸前、アミンはミーリアを抱きかかえその華奢《きゃしゃ》な身体を包んだ。胴体着陸した艇に火花が散り、敵機の重量で上部がボコリと潰《つぶ》れる。

「『止まれ〜！』」

砂地を滑り続けるバックパサーと赤い亡霊。目の前に大きな崖が迫ってくる。あそこに落ちたらもはやこれまで。

「………止まっ、た？」

と、いうギリギリのところで、なんとか滑走速度が落ちて艇に静寂が訪れた。

「助かった……」

ほっと胸をなで下ろす二人。しばし抱き合って生の感触を味わってから、外に飛び出る。

「うわぁ」

愛機バックパサーはひどい有様だった。機体の上半分はへしゃげているし、胴体着陸した時の衝撃でだろう、左の翼《つばさ》が完全に折れ曲がっていた。

「もう飛べないな、こりゃ」

「言うまでもなく、ね」

顔を見合わせ、ため息を漏らす二人。しばしの間、アミンもミーリアも言葉を失って立ち尽くすことしかできなかった。

――タッ。

その沈黙を破ったのは、同じく見るも無惨《むざん》な姿になり果てた『赤い亡霊』から人が飛び出てくる音だった。

「……！」

身構えるアミンとミーリア。

「亡霊とご対面か」

「ほ、本当に人間じゃないってことないよね？」

「どうかな。あの執念、ただ事じゃなかったし」

警戒しつつ見つめていると、闇の中にシルエットが浮きぼりになってくる。

「女？　エーテルキャットか？」

目深《まぶか》にフードを被っているが、その曲線的でか細い体つきは明らかに男性のものではない。

「それにしちゃデカいよ」

いっぽうで、ミーリアの言う通りエーテルキャットにしては成熟しすぎているように見えた。

魔空艇を動かせるほど強い魔力を発揮できるのは幼い少女に限られる、というのが常識となっているのだが。

しばし、距離を開けた対峙《たいじ》が続く。まだ襲いかかってくる意志があるかもしれないので、アミンとしては迂闊《うかつ》に動けない。

口火を切ったのはミーリアだった。

「つたく、こら！　あたしたちの艇こんなにしちゃってどういうつもりさ！　べんしょーしろべんしょー！」

どうやら相手が人間らしいとわかったのもあってか、強気に食ってかかりながら女に近づいていくミーリア。アミンはまだ緊張感を保ちつつ、いざという時ミーリアを守れるようにその後ろを追う。

「……ごめんなさい」

「え？」

女の口から発せられたのは意外な一言だった。さっきまでの攻撃性からは考えられない、本気で詫《わ》びを告げるかのような響きだ。

「謝るくらいならここまでしなくてよかったんじゃないか？」

「…………………」

アミンの問いには沈黙が返ってきた。

「単刀直入に訊《き》こう。目的は何だ、『赤い亡霊』さん？」

「赤い亡霊？」

「あんたのことを、空賊たちがそう呼んでる。ここで何機も空賊を墜としてきただろう？」

「……ごめんなさい」

どうにも埒《らち》があかない。アミンは改めて間近から女を観察する。

恐らくは、未成年。目元が確認できないが、十七歳のアミンと同じ程度の年齢だろう。

「ま、あんたの艇を墜としたのは俺たちも同じだがな」

「そうね。やっと現れてくれた」

「やっと?」

「私を墜としてくれる人間を、ずっと待っていた」

「薄気味悪いヤツだな……」

ミーリアが一歩後ずさる。やはり亡霊なのではないかと疑い始めたのかもしれない。

「意味がわからないんだが」

「……ごめんなさい」

アミンは頭を掻《か》く。なんとなく想い描いていた犯人像と目の前の女との不調和に、ひたすら混乱させられるばかりだった。

「こんな所で艇を失って、あんたはこれからどうするつもりだ?」

「歩いて帰るわ、帝都に」

「帰るってことは、あんたやっぱりディーナの軍人か何かか?」

「違う。軍人じゃない」

「じゃあなんで、こんなに高性能な魔空艇を?」

「…………………」

「またたんまりか」

「いい加減にしろよな。せめて顔くらい見せろっつーの」

「っ!?」

うんざり顔でミーリアがフードを引っぱろうとした瞬間、女は今までにない素早さでその手を払いのける。にわかに緊張感が辺りに立ちこめた。

「よほど顔を見られたくないのか？　別にどこかへ突き出そうなんて思ってないぞ」

「いや突き出そうよアミン。こいつにバックパサー壊されちゃったんだぞ。出るとこ出てべんしょーしてもらわないと！　艇がなきゃ商売あがったりだよ！」

「先に壊したのはこっちだけどな」

「……艇が、欲しい？」

ふと女の声色に、少し生気が宿ったような気がした。

「欲しいというか、生きていく上で必要ではある」

「なら、ついてきて。……弁償は無理かもしれないけど、代わりの艇ならあげられる」

「代わり？」

顔を見合わせるアミンたち。ミーリアはこいつなに言ってんだとばかりの呆れ顔だ。

「あのね、バックパサーはそんじょそこらの艇じゃないの。さっき戦ってわかったでしょ？」

「ええ、よくわかった。だから、大丈夫。きっと貴方《あなた》たちなら……気に入ると思うわ」

「もっとすごい艇だって言いたいのか」

「とにかく、帝都までついてきて。貴方《あなた》たちも、ここから他に行く場所なんてないでしょう？　街なら帝都が一番近いわ」

「近いって言ってもアシがなきゃ相当な距離だろう」

「そうね、歩いて三日……いえ、急げば二日でなんとか」

「そんなに歩きたくないよバカ」

「じゃあ、どうする？」

どうしようもなかった。悔しいがこの女の言う通り、とりあえず人里に辿り着かないことにはどこにも行くあてがない。

「帝都まで来てくれれば、代わりの艇を用意する。約束する。だから、ついてきて」

「……どうする、アミン？」

「残念ながら選択肢《せんたくし》がない。艇の話は置いておくとしても、俺たちがここから自力で向かえる場所は帝都しかない。それに、道案内も必要だ」

「なら、決まりね。行きましょう」

歩きだす女。その後をしぶしぶついていこうとしたアミンだったが、ふと大事なことを思い出す。

「そうだ。待て。あんた、あの赤い艇の魔空士か?」

「そうだけど、何を今さら?」

「いや。だったら、エーテルキャットは?」

魔空艇は二人で動かすもの。魔空士だけでは魔力の補充がままならない。

「いない」

「いない……つまり」

死んでしまったということだろうか。

「あの艇は、私一人で動かしていた」

「な、バカを言え!?」

その返事はあまりにも予想外すぎてにわかには信じがたいものだった。

「一人で魔力供給しながら、操縦もやってたって言いたいわけ!? そんな話聞いたことない!」

ミーリアも目を剝《む》いて女の発言を否定しにかかる。仮にそれだけの魔力を持ち合わせていたとしても、人間の反射神経で魔力供給と操縦を同時にこなすことなど不可能なはずだ。

「エーテルキャットが死んだのを隠してるんじゃないのか?」

「ああ、そんな心配をしてくれていたの。優しいのね」

その発想はなかったとばかりに、手を合わせる女。

「いいわ。嘘《うそ》だと思うなら艇を調べてみて。それですっきりするでしょう?」

「…………」

アミンとミーリアはうなずき合い、残骸《ざんがい》と化した赤い機体に近づいていく。

「アミン、これ……」

中を覗《のぞ》いただけで、女の言葉に嘘がないことがわかってしまった。なぜならそもそも、この艇にはエーテルキャットの座席がない。操縦席に魔導器が備えつけられた、完全に一人乗り仕様なのである。

「ますます何者なんだ、あんた……」

操縦席から顔を戻し、アミンは問う。女は貨物室を漁っているところだった。

「毛布と、いくらばかりか食べものがあったわ。ありがとう。艇に戻ってみて良かった」

質問には答えず、フードの奥で微笑《ほほえ》みを浮かべる女。

「アミン、やっぱこいつ亡霊だよきっと……」

そう信じたくなるミーリアの気持ちは痛いほどわかった。だが、やはりどう見ても目の前の女は実在する人間だ。

「さあ、今度こそ行きましょう」

先導して足を踏みだす女。最初に対峙した時に比べれば明らかに口数が増えている。この女は女でまた、アミンたちに対し緊張感を抱いていたのだろうか。

「なあ。あんた、名前は?」

「…………サーシャ」

「意外と普通だな、亡霊にしては」

「だから、亡霊って何？　まあ、いいけど。あなたは？」

「アミン。こっちはミーリア」

「わかった。これからよろしくね、アミン」

握手を求められたので、しぶしぶ応えた。ちゃんと触れる。やはり、実体のある人間だ。

「それに、ミーリアも」

「がるるる」

差し出された手をぴしゃりとはね除けるミーリア。普段なら怒るところだが、今はあまり窘める気にもなれなかった。

Roraima

ロライマ ―――― 身長169cm

空賊の長。気っぷの良い性格と魔空艇の操縦技術で仲間たちから信頼されている。

Illustrator's Comment

頼れるお姉さんは忙しいので動きやすさの利点からスパッツにしました。

イラストでの魅力は、ここのわずかなうなじに込めたい。（という想いがあります）

Illustrator's Comment

CHARACTER PROFILE

第二章

chapter:2

「しかし、よくあの散弾食らって耐えられたな。どういう強度の機体なんだ」

「直撃してたら死んでいたと思う」

「……つまり、躱した？　あの至近距離で？」

「運良く半分だけ躱せたと言った方が正確ね。ちょうど上昇しようとしていたの。攻撃するのは尾翼だけで充分だったから」

「尾翼、ねえ。あんた、空賊を襲っていた時も尾翼だけ攻撃していたらしいな。艇は襲う。でも殺さない。いったい何を考えている？」

「……あなたは空賊じゃないの？」

「俺は違う。……って、質問に答えろよ」

「…………………」

「もういい、わかった。言いたくないことばかりだってことだけはな」

「……ごめんなさい」

「その『ごめん』も聞き飽きたよ」

サーシャを先頭に、山岳地帯を下りていくアミンたち。打ち解けてきたのか、次第にサーシャの口数は増えていったが、肝心《かんじん》な話は相変わらず何も聞くことができなかった。

坂道を下りきると、森林地帯が広がっていた。山の低い位置で不時着できたのは不幸中の幸いといえた。頂上付近に墜ちていたら下山も至難の業だったろうし、それ以前に墜落死していた可能性が高い。

「ね～アミン、つかれた～」

不意に、ミーリアが腕にしがみついてくる。

「まだいくらも歩いてないぞ」

「魔力枯れてるんだってば～」

「そういやそうだったな。もうすぐ夜も明けるし、どうせ一日中歩き続けるわけにもいかない。サーシャ、ここらで少し休憩していかないか」

「………急ぎたいのだけど、そうね。休みも必要よね」

しぶしぶといった感じながら、うなずくサーシャ。ほどなく泉が目の前に現れたので、三人はほとりで暖を取ることにした。アミンが枯れ枝を集め、なけなしの魔力をつかってミーリアが点火する。

「そんじゃおやすみ～」

「待て、せっかく綺麗《きれい》な泉があるんだし、水浴びしておこう」

「えーめんどい」

「ダメだ。次いつ水にありつけるかなんてわからないんだぞ」

「つたく、しょうがないな」

目を擦《こす》りながら、ミーリアは服を脱いでいく。アミンはサーシャの存在が気になったのでいったんその場を離れることにした。

「それじゃ俺たち、先に水浴びさせてもらうから」

「……二人いっしょに？」

「マズいか？」

「だって、男女だし……」

「こんなちびっ子、女のうちに入らないよ」

「なんだと！　最近少しだけどおっぱいも大きくなってきてるし！　少しだけど！」

ぷんすか怒るミーリア。一応、乙女に対し失礼な発言だったという自覚はあったのでアミンは悪かったと頭を下げる。

「ま、まあ。あなたたちが気にしないなら私が口を出すことじゃないけど……」

「そうか。じゃあ戻るまで火の番を頼む」

了解を得られたと解釈し、ミーリアと二人で泉の方へ向かうアミン。互いに一糸まとわぬ姿となり、水辺に足をつける。

「冷たっ！　あーもうサイアク」

「山からの湧き水だな。そのぶん綺麗でいいだろ」

「寒い、寒いって」

「抱きつくな。身体洗えないだろ」

昆虫のようにしがみついてくるミーリアを引っぺがそうとするが、強い力で抵抗されてままならない。仕方がないので先にミーリアの全身を洗ってやることにした。

「ほら、後ろ向け」

「う～。早く終わらせてね」

サラサラとした金髪に手を挿《さ》しこみ、上から下に拭《ぬぐ》ってやる。そうしている間にもミーリアは背中をぐいぐいアミンの腹に押しつけてくる。確かにかなりの冷たさなのでぬくもりを求める気持ちはわかるが。

「…………ふむ」

肩越しに、ミーリアの胸を覗きこんでみる。確かに昔に比べれば微妙に膨《ふく》らんできているような。そうでもないような。判定は難しかった。

「あ、おっぱい見てる」

「気のせいだ」

「絶対嘘だ」

「すまなかった」

さすがに誤魔化しきれなかったので素直に謝っておくことにした。

「あの女さ」

「ん？　サーシャのことか？」

「デカいよね。おっぱい」

「そうか？　マントとフードでよく分からん」

「デカいよアレは。女の目からすれば一発だね」

やけに忌々《いまいま》しげに呟くミーリア。

「嫉妬《しっと》？」

「べつに違うし！　……って言うより、ホントなのかなって」

「本当って、何の話だ？」

「本当に魔空士で、しかもエーテルキャットなのかな？」

「それは、俺も未だに疑問に思ってる」

「あやしーよね、何もかも。……でも」

「でも？」

「本当なら、少し安心する。あたしが成長しても、ずっとアミンのエーテルキャット続けられるかもしれないから」

「……ミーリア」

魔空艇を動かすことができるほどの強い魔力が発揮できるのは、幼い少女のうちだけというのが常識だった。だから、ミーリアもいずれはエーテルキャットでいられなくなる。そう思っていたところに現れたサーシャという存在が、ミーリアに安心感を与えたのだとしたら。

それはアミンにとっても光栄なことだった。

「心配すんな。ずっと先はともかく、あと五年は余裕で俺の相棒だよ、ミーリアなら」

「ふざけんな！　五年経ったらスタイル抜群だっつーの！」

怒り顔で上を向き、アミンを睨みつけるミーリア。

しかしふと、その面持《おもも》ちが笑顔に変わる。

「でも、そーだったらいいな。あたしの魔力、ずっと衰《おとろ》えませんように」

「俺も願ってるよ」

言葉にはしなかったが、アミンもまたミーリアとの関係が永遠に続くことを願っていた。ミーリア以外と空を飛ぶ未来は想像できない。それ即ち、ミーリアが飛べなくなった時はアミンも艇を降りる瞬間なのかもしれない。

「よし、洗い終わり」

「にゃう!?　そんなところに指入れるな！」

いろいろ考えていると気恥ずかしさを覚えてきて、半ばイタズラでミーリアの腋をくすぐってやる。たまらずと言った感じでミーリアが離れていったので、アミンはざぶんと泉に潜り自分の髪を濡らした。

「やれやれ、やっと身体が洗える」

「ちくしょーアミンめ。仕返ししてやる」

「あ、こら！　お前そこは……!?」

朝焼けが迫る闇の中、泉に二人の騒がしい声が響き続けた。

＊

「お待たせ。ずっと起きてたのか？」

「……あなたたちがずいぶん騒がしかったから」

「そりゃすまん。あんたも水浴びしてきたらどうだ？」

服を着て焚《た》き火《び》の前に戻ると、三角座りでサーシャが待っていた。なにやら顔つきが硬直しているようにも見えるのだが、気のせいだろうか。

「私は、いいかな……」

「フケツ女」

「浴びたくないわけじゃないんだけど……」

口ごもるサーシャ。なんとなく察してアミンは肩をすくめてみせた。

「心配するな。覗いたりなんかしないよ」

「……本当に？」

「こう見えて約束は守るたちだ」

「うん、それなら……」

意を決した様子で立ち上がるサーシャ。彼女もまた埃《ほこり》まみれになっているのであろうから、綺麗な水を一浴びしたいのは当然だろう。

「じゃあ、行ってきます」

「ああ。ごゆっくり」

フードを奥深くかぶり直し、ゆっくりとした歩みでサーシャは泉の方へ向かっていった。

「……さて、アミンくん」

「なんだねミーリアくん」

「覗きに行こう」

「行かねーよ」

「なんで!?　あの女の正体探るチャンスじゃん!　顔はともかくおっぱいくらい見ておこうよ!」

「逆だろ逆。胸はともかく、どんな顔してんのか確かめておきたい気持ちはあるっちゃある」

「じゃあなんでさ」

「言ったろ、俺は約束は守る」

「キュークツな生き様《いざま》だね」

「でもそういうところがかっこいいって言ってくれても良いんだぞ」

「アホらしい。ふわーあ、寝る」

ミーリア一人で覗きに行くと騒ぎだしたら面倒だなと思っていたが、幸い睡魔の方が勝ってくれたらしい。横になった相棒を見て一安心するアミン。

アミンも横になった。否応なしにしばらくいっしょにいることになるのだ。約束を反故《ほご》にせずとも正体に迫る機会はあるだろう。

*

「…………」

周りに気を使いながら、サーシャはフード付きマントを脱ぐ。亜麻色《あまいろ》の髪と、透き通るエメラルドグリーンの瞳が露《あら》わとなった。

「間に合うかしら……」

さらに服を脱ぎ続けながら、天を仰《あお》ぐ。全裸となって泉に足を浸《ひた》すと、冷たさが脳天を貫いた。こんな真水で身を清めるのは初めての経験だった。

「間に合ったとして、あの二人は……」

全身をすくめながら、肩まで水に浸す。凍《こご》えた肌が張り詰めるように硬くなった。

「ううん。もう、考えたってしかたがない。あとは祈るだけ……」

瞳に強い意志を宿らせながら、帝都の方角を見つめるサーシャ。

「うっ」

途端、眉間《みけん》に強い痛みが走った。ここのところほとんど寝ずにあの山岳地帯を見守り続けてきたつけが回ってきたのかもしれない。

だが、成果はあった。アミンとミーリアという、自分に勝るとも劣らない魔空士たちを見つけることができた。目的の第一段階は成就《じょうじゅ》したのだ。

もっとも、ここからがさらに難しさを孕《はら》んでいるのだが。

「私も、少しは寝た方が良さそうね……」

早々に身体を洗い、泉から出るサーシャ。艶《つや》やかな肌から水滴がしたたり落ちる。

念のため辺りを見回すが、人の気配はない。どうやらアミンは約束を守ってくれたらしい。

その分別に、幾重《いくえ》もの安心を覚えるサーシャだった。

マントをしっかりと着直し、フードを被ってアミンたちの許《もと》に戻る。二人は早くも寝息を立てていた。

ばたり。

その様子を見て気が緩んだのか、崩れ落ちるようにサーシャも焚き火の傍《そば》で横になる。

東の地平線には、朝焼けが浮かび始めていた。

＊

「ん……」

木漏《こも》れ日《び》を感じて、アミンは目を醒ました。太陽の位置が高い。思っていたよりも長い間眠りについていたらしい。

「おはよう」

声のした方に顔を向ければ、サーシャが三角座りでこちらにフード越しの視線を向けていた。

「待たせたか。起こしてくれても良かったのに」

「……よく眠っていたから」

「すまなかった。早速出発しよう」

ぐっと伸びをしてから、ミーリアを見た。だらりと俯《うつぶ》せに肩を揺らしている。どうやらまだ寝ているようだ。

「おい、そろそろ起き…………ミーリア!?」

「はぁ……はぁ……」

その肌に触れてみてギクリとする。熱い。

「どうしたの?」

「かなり熱が出ているみたいだ」

「……魔力を使い果たした後は、よくあることだわ」

サーシャがミーリアの額《ひたい》に手を当て、ゆっくりと首を振る。

「んん……出発、するの……？」

「無理して喋《しゃべ》るな。少し休んでろ」

「何か食べさせてあげた方がいいわ。魔力回復の助けになるから」

「……あいにく、何も持ってない」

「そう……。あ」

ふと何かを思い出したような声を出すサーシャ。

そしてサーシャがマントの奥から取り出したのは、ひとつのリンゴだった。

「こんなものでよかったら」

「それはあんたのだろう」

「気にしないで。私はまだ大丈夫だから」

一瞬だけ迷うアミン。貸し借りはなるべく作りたくないというのが信条だ。

しかし、今はそんなことを言っていられるような状況でもないと思い直した。

「すまない。金くらいしか渡せるモノはないが」

「お金なんていらないわ。もらってもしばらく役に立たないし。いいからその子に食べさせてあげて」

「……重ね重ね申し訳ない。返せる時が来たら借りは必ず返す」

「律儀《りちぎ》なのね。いいから、ほら」

アミンはサーシャからリンゴを受け取り、ミーリアの口元に近づける。

「食べろ。サーシャがくれた」

「食欲ない……」

「それでも食べるんだ」

「う〜……」

嫌々ながら、咀嚼音《そしゃくおん》を響かせるミーリア。とりあえず食べものを口にできる余力はあるようでアミンは幾分ほっとした。だが、現在地が街から遠く離れた森の中であることを考えると予断は許されない。

「しまったな……。昨日水浴びさせたのは失敗だったか」

「あんなに元気そうだったのだから無理もないわ。過ぎたことより、これからどうするか考えましょう」

「……ああ。この辺りに人は住んでないのか？」

「わからない。でも、見て。道がある。泉の近くだし、通り沿いに進んでいけばもしかすると」

サーシャが指し示した通り、泉には一本の細道が繋《つな》がっていた。今はあれを頼りに進んでいくしかなさそうだ。

「ミーリア、おぶされ」

「ごめんね～……」

「全魔力使い果たせって命令したのは俺だ。お前のせいじゃない」

「行きましょう」

サーシャと頷き合い、森を貫く道を進んでいく。するとはたして、一軒の小屋が見えてきた。

小さいが、よく手入れの行き届いた人の息吹《いぶき》を感じる建物だった。

「誰かいてくれるといいが。……すみません！」

無礼を承知で入り口を叩くアミン。

「こんなところに客人とは珍しいな。何か用か？」

扉が開いた。そして中から逞《たくま》しい中年の男性が出てくる。おそらくはこの森の木こりだろう。

「実は、連れが熱を出してしまいまして……」

「……入りなさい」

ミーリアの顔をちらりと確認した男は、ぶっきらぼうながら二つ返事で屋内に招いてくれた。

サーシャとうなずき合って、中にお邪魔する。ベッドが一つとたくさんの本棚の他にはテーブルが置かれているのみのこざっぱりとした部屋だった。

「そこを使うといい」

「ありがとうございます。……それと、無礼は承知なのですが、薬があったら分けて頂けませんか。もちろんお代は払います」

言葉に甘えベッドにミーリアを寝かせてやってから、アミンは頭を下げる。

「金に興味はないし、熱に効く薬は生憎《あいにく》持ち合わせていない。あれば譲ってやったが」

「そうですか……すみません」

「街は遠い。しばらく泊まっていけ。何日かすればよくなるかもしれん」

「良いんですか？」

「この森で行き倒れられても夢見が悪い」

「…………ありがとうございます」

心からお礼を告げるアミン。

「……あの。解熱《げねつ》にいい薬草か何か、この辺りに生えてませんか？」

サーシャが割って入って尋ねた。心なしかアミンよりも焦っている様子だ。それだけ心配してくれているのだろうか。

「ないこともないが、やめておけ」

「やめておけ、とは？」

首を横に振る男に、アミンが尋ねる。

「西の洞窟《どうくつ》に生えているコブシダケは熱によく効く。だが、あそこは魔物の巣だ。採りに行って、生きて帰れる保証がない」

「魔物、か」

人を襲う異形《いぎょう》の種の総称。最近なぜかますます凶暴化しているという真偽不明《しんぎふめい》の噂もあるし、本来なら触らぬ神に祟《たた》りなしなのだろう。

「アミン。地上での戦闘は？」

「多少心得《こころえ》はあるが」

「なら、行きましょう。私もついていく」

「いや、行くなら俺一人で」

「私も多少、心得があるわ。……それに」

サーシャがパチンと指を鳴らすと、その周りに淡雪のような氷が煌《きら》めいた。

「そうか。魔法、使えるんだったな」

答えつつ、アミンは改めて唸《うな》った。やはり本当に、サーシャは魔空士とエーテルキャットを一人で兼ねていたのか。

「ええ。だから私のことは心配しないで」

「……わかった。ありがとう」

「お礼はいらない。むしろ、ごめんなさい」

「今までで一番意味がわからないごめんなさいだな」

「……そうね。聞かなかったことにして」

サーシャが微苦笑を浮かべかぶりを振る。

「じゃあ、出発するか」

「ええ。そうしましょう」

「本当に行く気か。止めはしないが、必ず帰ってこいよ。この子だけ残されても俺が困る」

呆れと諦観《ていかん》両方を浮かべたような顔で、男が釘《くぎ》を刺す。見た目によらずと言うのはあまりにも失礼だが、根はとてもやさしい人なのだろう。

「はい、必ず」

「それまでの間、ミーリアのことをよろしくお願いします」

「わかったわかった。勝手にしろ。この辺りの地図だ。持っていけ」

手書きの紙を渡すやぷい、と顔を背《そむ》け、男は椅子に腰かけた。その背中に改めてお辞儀して、アミンとサーシャは二人で外に出ていく。

＊

「ここか」

地図を頼りに鬱蒼《うっそう》とした森を進んでいくと、ぽっかり口を開いた大穴が見つかった。

「行きましょう」

そう言ってサーシャは左の掌《てのひら》から光り輝く丸い玉を生成する。これがあれば暗い洞窟の中でも足を取られることはないだろう。

「便利だな」

「そのぶん魔物には見つかりやすくなるだろうけど、ないよりはマシでしょ」

「ああ、助かる」

サーシャに先導役を任せ、洞窟の中に入っていくアミン。足元には地下水がちょろちょろと流れており、辺りは不快な湿気で満ちていた。

「堂々としたもんだな。怖くないのか？」

どんどん先に進んでいくサーシャに、アミンはつい尋ねてみたくなる。普通の女性ならすぐにでも悲鳴を上げて逃げ去ってしまいそうな環境なのだが。

「こういう道、慣れてるから」

「慣れてる？」

「…………」

「極秘事項か。わかったよ。余計な質問はもうしな……サーシャ！」

アミンがため息を漏らした刹那、前方から甲高い鳴き声と共に黒い影が襲いかかってきた。

人の顔ほどもある巨大なコウモリの魔物だ。

「ふっ！」

一閃《いっせん》。サーシャは空いている方の右手で腰から細長い剣を抜き、薙《な》ぎ払《はら》う。コウモリは真っ二つに裂かれ地面に落ちた。

「やるじゃないか」

「これくらいは、ね」

アミンは感心すると共に、サーシャの得物《えもの》にも気を奪われていた。優美な装飾が施されたレイピア。相当な高級品であることが一目でわかる。

サーシャ。一体何者だ、という思いをますます強くするアミン。訊いたところで沈黙が返ってくるのは明らかだったので口には出さなかったが。

「そういえばアミン。あなた、武器は？　素手？」

「心配するな、ちゃんとある」

答えつつ、アミンは腰に吊《つる》していた短剣を抜き、一文字に振る。ちょうど襲いかかってきていた二匹目のコウモリが、その軌道の犠牲となった。

「良い切れ味ね、よかった」

真っ黒で、幅広の片刃。出所は明らかではないが、見た目が気に入って空賊から買い上げた自慢の一本だった。

「どうやら魔物といっても下等なのしかいなそうだな。ヤバいのが潜《ひそ》んでいるならあんなコウモリごとき生きてられないだろう」

「そうね。でも穴はまだまだ深いわ。油断はしない方がよさそう」

「ああ、わかってる」

サーシャの明かりを頼りに、どんどん奥へ進んでいくアミンたち。

途中で出くわしたのは、大ガエル二匹。アミンが撃破。

ブヨブヨの不定形。サーシャが八つ裂き。

道のりは順調だった。想定外と言えば洞窟の広さくらいのもの。目的のコブシダケらしきキノコは今のところ見つからない。

「こんな闇の中に、植物なんて生えているのかしら」

「わからないが、あの木こりは嘘を吐《つ》くような人にも見えなかったし……おっと。サーシャ、ようやく大物のお出ましだ」

――キシャアアア。

光で照らされた先に、とぐろを巻いたヘビがこちらに威嚇《いかく》を飛ばしている。大きさは二人の身長を足しても余るほどありそうだ。

「あの牙《きば》、毒を持っているわね。アミン、嚙まれないよう注意して」

「そうだな。お荷物になるのはごめんだ」

サーシャは光の球を天井に投げつけ、めりこませた。辺りが薄明かりに包まれると、抜刀し半身を引いた構えを取るサーシャ。いよいよその剣術の本領発揮と言ったところか。アミンも負けじと短刀を前に突き出し、敵の挙動に備える。

――シャアッ！

毒蛇《どくへび》はアミンに狙いを定めた。その身を鞭《むち》のようにしならせ、一直線に大口を伸ばしてくる。

「よっ、と！」

アミンはその動作を待ち構え軽くジャンプすると毒蛇の脳天に踵落《かかとお》としを叩きこむ。たまらず口を閉じた毒蛇に、

「やっ！」

今度はサーシャのレイピアが襲来。頭の上半分を撫で切られ、毒蛇は五感を失った。

ばたり、と地に墜ちた毒蛇。しばらくの間くねくねともがいてはいるが、脳を弾き飛ばされてはもう襲ってくることもないだろう。

「助かる。良い追撃だった」

「ふふっ。私たち、初めて一緒に戦うにしては息が合ってるわね」

珍しく嬉しそうに口角を上げるサーシャ。一見すると華奢に見える少女なのだが、意外と武闘派なのだろうか。

いや、あの魔空艇で見せた執念からして意外でもなんでもないかもしれないが。

「行こう。まだ先は長そうだ」

「ええ」

天井から光の球を回収し、サーシャは再び松明《たいまつ》代わりにする。その灯りを頼りに、アミンも揃って歩きだした。

蛇行《だこう》する道を奥へ奥へと進む。洞窟の果てはまだ見えない。

「……変だな、魔物の気配が消えた」

「そうね。でもなんとなく嫌な感じ」

やがて、二人は広く開けた空洞に出る。冷気が漂い、鍾乳洞《しょうにゅうどう》からぽたりぽたりとしたたり落ちる水滴の音だけが響いていた。

「……！　アミン、あれ」

「ああ、間違いない。コブシダケだな」

空洞の隅に、淡くぼんやりと光る一角があった。地面を見ると、まさに人間の握りこぶしのような形をしたキノコが群生している。

「早速頂いていこう」

足早に、キノコの許へ近づくアミン。

「つ!?　危ない！」

その時、地面が揺れた。いや、正確には地面に擬態《ぎたい》していた大型の魔物がアミンに向けて牙を剝いたのだった。

「つく、すまん！」

間一髪のところでサーシャがアミンに突進し、その身を弾き飛ばしてくれたおかげで奇襲は避けられた。二人は回転して体勢を立て直し、現れた魔物と距離を取る。

「アースドラゴン……！」

「地竜族かよ、やっかいだな」

――グオオオオ。

低いうなり声を上げるその魔物はアミンたちの背丈の二倍ほどあり、全身がゴツゴツとした岩肌のようで、口から鋭利な牙が何本も見え隠れしている。四《よ》つん這《ば》いの体勢で、今にも二人に襲いかかりそうな気配。

「かもね、ほら」

「ここで、やってくる人間を待ち構えて餌《えさ》にしていたのかな」

サーシャが目線を向けた先には、半分砕けた人間の頭蓋骨が。薬を採りに来て亡くなった犠牲者なのだろう。

「ああはなりたくないもんだ」

「硬そうな皮膚ね。アミン、ここは私が仕かける」

「いや、待て。そんな細剣じゃあとても……」

「こういうこともできるの」

サーシャはレイピアを縦に構え、念を注ぎこむ。すると、刀身がまばゆく輝きだした。

「……魔法？」

「魔力で強度を上げたわ。これなら貫けるはず……やっ！」

「!?　おい！」

アミンに説得の間を与えず、飛びかかっていくサーシャ。ドラゴンは迎撃するように後ろ脚二本で立ち、右腕のツメを振りかぶった。

「しゅっ！」

サーシャは構わず突撃を繰りだす。その軌道がドラゴンの振り下ろしたツメと交差し、ガン、という鈍い衝突音をこだまさせた。

――グワッ！

レイピアが、ドラゴンの爪を弾いた。しかし傷を負わせるには至っていない。

「しゅっ、しゅっ、しゅっ！」

手を緩めず、連続で突きを繰りだすサーシャ。最後の一撃がドラゴンの肩を貫く。

――グワアアア！

それがかえって仇《あだ》となる。硬い皮膚と筋肉にレイピアを絡み取られ、無防備になったサーシャの頭部目がけて今度は左のツメが振り下ろされた。

反射的に飛び退くサーシャ。その拍子に、フードがはだけそうになる。

「っ⁉」

とたん、サーシャは回避行動を止め目深にフードをかぶり直す。

「な、バカか！」

――グワアアア！

ドラゴンの追い打ちがサーシャを捉える寸前、アミンは短刀でその重撃を受け止めた。力負けして、二人もろとも弾き飛ばされる。

「つく。あ、ありがとう。助かったわ」

「今、フードがはだけるのを気にしただろう？　命よりも顔を隠す方が大切か？」

「……ごめんなさい」

「いいごめんなさいだ」

サーシャに手を貸し、立ち上がらせてやるアミン。態勢を立て直して反撃に移りたいが、困ったことがひとつ。サーシャのレイピアはまだドラゴンの肩に刺さったままだ。こちらからの攻めの手立てが一つ消えたことになる。

自分の短刀を見つめるアミン。はたしてこの武器で、ドラゴンに深手《ふかで》を負わせることはできるだろうか。

「なあ。さっきの強化魔法、俺にかけることはできないのか？」

「できなくはない。けど、自分の身から離れたものを強化するには大きな魔力が必要になる。

もって三十秒かそこら……」

「三十秒か。悪くないハンデだ」

「アミン、失敗したら」

「今は成功することだけ考えろ」

「……わかった。じゃあ、アミンの剣に強化魔法を飛ばすわ」

――グルルルル。

肩を傷つけられて怒りに燃えているのか、ドラゴンはアミンたちに刺すような視線を向け続けている。

「行くわよ、剣を！」

「よし！」

持ち上げた短剣に、サーシャの手から光が放たれる。次の瞬間に駆けだすアミン。

「食らえ！」

一撃、二撃。アミンはドラゴンの胸部を十字になぞった。傷は浅いが、堅実に硬い皮膚を切り裂いた感覚。これなら通用する。

――グガアアアッ！

手応えを得た矢先、ドラゴンは力任せにツメを何度も振りかざしてきた。後ろに退き、敵の猛攻をやり過ごすアミン。

あと二十五秒。

——グオッ！

さらに牙を剝き、嚙みつきを仕かけてくるドラゴン。アミンは垂直に蹴《け》りを繰りだし、そのあご先を弾き飛ばした。

あと二十二秒。

「気の荒いヤツだ」

なんとか猛攻には耐え忍ぶことができているが、再度こちらから打ちだす好機を見いだせない。このままだと時間ばかりを浪費してしまう。

あと十八秒。

「もっと痛がれよ」

ドラゴンが左ツメを振りかざした瞬間、アミンは敵の肩に刺さったままのレイピアをおもいっきり蹴りこんでやる。

——グワアアアッ！

ドラゴンが一瞬怯《ひる》んだ。

あと十三秒。

「うらっ！」

アミンはその隙《すき》を見て、再び十字の斬撃《ざんげき》を繰りだす。狙うのは先ほど傷つけた胸とまったく同じ軌道。肉が裂け、硬い肋骨をかすめる感触が掌に伝わってきた。

――グルルル……！

今度はドラゴンが退く番だった。四つん這いの体勢に戻り全身を震わせだす。

「アミン、気をつけて！　ブレスがくる！」

「させるかっ！」

全速力で駆けだし、ジャンプ。アミンはドラゴンの頭部に全体重を乗せ踏みつけてやった。

刹那、炎が辺りを包むが閉じられた口の中で暴発したブレスはドラゴン自体にもダメージを与える。

あと三秒。

アミンはドラゴンの頭部を踏み台に、さらに高く飛翔《ひしょう》する。そして空中で身体を反転させ、短剣の切っ先を敵の背に向け落下。

あと二、一――。

「心臓の位置は摑んだぜ」

四つん這いのドラゴンの背に、短剣をグサリと突き立てるアミン。

――グオオオ……。

断末魔が響く。ドラゴンはしばしバタバタと暴れたのち、糸が切れた人形のように全身の動きを止めた。

「……ふぅ。ギリギリだった」

「すごいわアミン。どこが『多少の心得』なの」

「その台詞はそっくりそのままサーシャに言いたいけどな」

ドラゴンの肩からレイピアを抜き取り、血を拭ってサーシャに返してやるアミン。やはり柄に施《ほどこ》された装飾品から見て、かなりの高級品なのは間違いなさそうだな、と思いつつ。

「ありがとう。それと、さっきは迷惑かけてごめんなさい」

「いや、俺一人だったらこいつに無事勝てたかどうか。こっちこそ礼を言うよ」

向き合い、安堵《あんど》の表情を交差させる二人。サーシャの正体は謎《なぞ》ばかりだが、この一戦でなんとなく絆《きずな》が深まったような感覚を味わうアミンだった。

「さて、こんなところに長居は無用だ。さっさとコブシダケを回収して小屋に戻ろう」

「そうね。……これ以上、厄介《やっかい》なのが襲ってこなければいいけど」

「縁起でもないこと言うなよ」

「ごめんなさい。口は災いの元、よね」

苦笑を向けると、サーシャの口元からも笑みがこぼれた。アミンは元の強度に戻った短剣でコブシダケを刈り取り、持てるだけ袋に詰め肩に担ぐ。

警戒心に反して、帰り道は楽なものだった。洞窟の主を倒され怖れをなしたのか、雑魚敵《ざこてき》にすら襲われることなくアミンたちは再び森の中へと帰還する。

「急ごう。ミーリアが心配だ」

「ええ」

疲れを押し殺し、小屋を目指して駆けだす二人。

*

「おお。ちゃんと戻ってくるとは見上げたな」

ノックに応え小屋から顔を出した男が眼を瞠《みは》る。

「約束しましたから」

「そうだったな。コブシダケは見つかったか？」

中に招かれたアミンたちは、袋を開いて男に中身を確認してもらう。

「間違いない、コブシダケだ。煮こんでスープにすると良いだろう。預かるぞ」

なんと男は手料理を振る舞ってくれるつもりらしい。

「ありがとうございます。でも、そこまでお世話になって良いのですか？」

「世話ならもう充分かけているだろう。食事の用意など今さら些細《ささい》なものだ」

「……本当に感謝しています」

ぶっきらぼうな男だが、その内面は非常に情が厚い。そう再確認して、アミンとサーシャはにっこりと頷き合った。

「ミーリア、気分はどうだ？」

「サイアク……」

ベッドに近づき、汗を浮かべた相棒に問うアミン。苦しそうだが、受け答えがきちんとできている辺り命に関わる病というわけではなさそうだ。

「あの、何かお手伝いできることは」

サーシャが厨房《ちゅうぼう》に立った男に質問するが、男は面倒くさそうに首を振るだけだった。

「黙って座ってろ。あるものを煮こむだけだ。そのかわり味に期待はするなよ」

「そうですか、すみません」

かえって邪魔になってはいけないと思ったのか、大人しく引き下がるサーシャ。アミンもミーリアの額をぽんと撫でてから、椅子を借りさせてもらうことにした。

「ここから帝都まで、あとどれくらいだ」

「そうね。まともに歩けるなら丸一日といったところかしら」

「まだまだ長い旅になりそうだな。すまないが、のんびり行かせてもらう」

「…………」

「……サーシャ？」

「あ、ううん。そうね、わかってる」

「何か焦る理由でも?」

サーシャの態度が少し不自然だったので問《と》い糾《ただ》してみるアミン。

「……ごめんなさい」

返ってきたのは聞き飽きた台詞。アミンの中では半《なか》ば諦《あきら》めのようなものが芽生えつつあった。

「ミーリアが快復したらなるべく急ごう」

「アミン。でも……」

「焦ってるんだろ。それくらいわかる。理由はさっぱりだけどな」

「……ありがとう」

それきり、二人は口を噤《つぐ》んだ。コトコトと鍋の噴く音だけが、厨房から伝わってくる。

「できたぞ。その子を起こせ」

しばらくして、男が四人分の食事をテーブルに並べ始めた。コブシダケのみならず、肉や野菜がふんだんに盛りこまれた栄養価の高そうなスープ。しばらく何も食べていなかったアミンにとっても、その香《かぐわ》しさは良い意味で堪《こた》える。

「私たちの分まで……。良いんですか?」

「細かいことを今さら気にするなと言っているだろう」

面倒くさそうに答える男。ここは遠慮しないのがかえって善意を無下《むげ》にしない方法だろうなとアミンは自分に言いきかせる。空腹に耐えかねたというのも多分にあったが。

「ミーリア、起きろ。メシ、用意してもらえたぞ。薬になるキノコも入ってる」

「う〜ん……」

あまり食べたそうな雰囲気ではなかったが、病気の辛さが和《やわ》らぐならという感じでフラフラ立ち上がるミーリア。アミンは手を引き、椅子に座らせてやる。

「ありがたく頂きます」

「……何度も言うが、味に期待はするなよ」

スープをひと匙《さじ》すくって口に運んだ瞬間、男の言葉は謙遜《けんそん》だとわかる。塩加減も出汁《だし》の利《き》き具合も絶品な、旅路には贅沢《ぜいたく》すぎる食事だった。

「おいし〜よこれ。薬っていうからもっと苦かったり渋《しぶ》かったりするのかと思った」

ミーリアも心から感動した様子で、先ほどの元気のなさが嘘のようにすごい勢いで匙を動かし始めた。

「食材としても、コブシダケは高級品だからな。俺もこうして口にするのは久しぶりだ。マシな料理になっているとしたらキノコのおかげだろう」

「そうなんですね。すごく良いお味です」

「…………ふん」

アミンが称賛すると、男はそっぽを向きながら黙々とスープを啜《すす》る。照れているのかもしれない。

食事は瞬《また》く間に終わった。サーシャも空腹だったのだろう、フードの奥で何度も頷きながら舌つづみを打っている様子だった。

「解熱作用が出るまで時間がかかる。今夜は泊まっていけ。といってもベッドはひとつしかないから雑魚寝になるがな」

「それは有り難いのですが、貴方のベッドを……」

「いい加減同じ寝床も飽きていたところだ」

食器の片付けを手伝い終えると、男はハシゴを使って屋根裏に登っていってしまった。

「何かあったら起こせ。じゃあな」

三人取り残されたアミンたち。自然と顔がほころぶ。

「めっちゃ良い人でよかったね～」

「本当にな。ミーリア、出発前にちゃんとお礼言うんだぞ。……さて、俺たちも一休みさせてもらうか」

「うん、寝る～」

よろよろとベッドに戻っていくミーリア。アミンとサーシャはこのままテーブルに突っ伏して休憩を取ることにした。

灯りを落とさせてもらい、椅子に腰かけるアミン。

「すぅ……すぅ……」

テーブルの向かい側から早くも寝息が聞こえていた。サーシャもまたかなりの疲労が蓄積していたのだろう。

「ん……」

ふと、気付く。テーブルランプに照らされたサーシャのフードが、半分はだけかけていることに。あと少しめくり上げれば、その顔を完全に拝むことができそうだ。

「気が緩んでるぞ」

呟いて、アミンは逆にフードをしっかり目深に被らせてやった。不思議ともう、サーシャの顔を検《あらた》めたいという気持ちが薄れてしまっている。

テーブルランプの火も落とし、暗闇を呼びこむ。

それからアミンもつかの間の休息を得ることにする。

これ以上の長居はさすがに迷惑の限度を超える。明日旅立てることを祈りながらアミンは小さく呟いた。

「おやすみ、ミーリア。サーシャ」

＊

「おっはよ～！」

バシン、と背中を叩かれた衝撃でアミンは目を醒ます。顔を上げれば、ミーリアが満面の笑みでこちらを覗きこんでいた。

「おお。調子よさそうだな」

「もうバッチリ！　ごめんね、お手間をかけました」

力こぶしを作ってみせるミーリア。普段と変わらない快活さにアミンは心から喜びを覚えた。

「安心したわ。これなら今日旅立てそうね」

先に起きていたらしいサーシャが頷く。

「どうやらちゃんと薬が効いたらしいな」

喧噪を聞きつけて、男も屋根裏から下りてきた。顔つきは武骨なままだが、心なしか声色が明るいような気がするアミンだった。

「本当にお世話になりました。もう出発します」

「ああ、そうしてくれ。こちとら一生ぶんの親切を安売りしちまった」

男の言葉を額面通りには受け止めず、何度もお礼を重ねるアミンたち。仕舞いに男はめんどくさそうに手を振るばかりになってしまったので、ここらが引きぎわと三人は小屋の外に出る。

「じゃーね～！　ありがとね～」

両手を振りながらぴょんぴょん跳びはねるミーリアを一瞥《いちべつ》だけして小屋に戻っていく男。再び三人での旅路が幕を開けようとしていた。

「本当に良かったわ、ここに住んでる人がいてくれて」

「とびきりの善人だったことも、な。さあ、行こうか」

「しゅっぱーつ！」

先陣を切って歩き始めるミーリア。体調の方は、もうどこにも不安なさそうだ。

しばらく森を歩くと、今度は平原に出る。そして、はるか遠方にだがディーナ帝都を囲う城塞も目視することができた。

「見えてきた。あと少しか」

「ここからが長いわ。歩きやすくなったし、旅としては楽になるだろうけど」

「また魔物に襲われたりして」

「ふふっ、それは勘弁して欲しいわね」

サーシャと横並びに、会話を重ねながら進んでいくアミン。

「…………」

と、どうしたのだろう。さっきまでご機嫌に先頭を歩いていたミーリアが立ち止まって振り返り、アミンとサーシャに対しじとりとした視線を向けている。

「ん、なんだ？」

「なんかさ……妙に仲良くなってない？　アミンとサーシャ」

「えっ？」

きょとんとしてサーシャの方を見るアミン。サーシャもまた、不思議そうにアミンへ視線を向けている。

「アミン、気を許しすぎ！　そいつが、あたしたちの艇を沈めた女だってこと忘れてない!?」

「いや、忘れたわけじゃないが。……お前が倒れている間にいろいろあったし」

「いろいろって何さ！」

「共同作業というか、なんというか」

「きょーどーさぎょー！　このあたしが動けないのをいいことにしっぽりやっていたってことか！」

「え、ええと。ミーリア、何かきっと勘違いを……」

「お前は喋るな！」

叫びながら、ミーリアはアミンの方へ突進してくる。身構えた瞬間、アミンはミーリアにギュッと腕を掴まれた。

「アミンはあたしのだからな！　気安く近づくな！　しっしっ！」

そして、サーシャに対し八重歯を剝き出しにして牽制《けんせい》するミーリア。

「おい、失礼だぞ」

アミンはミーリアの頰《ほお》をむにっと摘まんでやる。

「ふに！　なにすんの！」

「サーシャはお前のためにコブシダケ採りを手伝ってくれたんだ。サーシャがいなかったら俺も危なかった。だから、そこはきちんと感謝しろ」

「で、でもあたしが寝てるのをいいことにアミンと仲良く……」

「なんの心配してるんだ相棒。俺とミーリアとの関係は変わらないって」

「う〜、ほんとのほんとに？」

「本当の本当」

「……くすっ」

睨みつけてくるミーリアを宥めていると、不意にサーシャが吐息《といき》をもらした。

「なんで笑ってんのさ？」

「ごめんなさい。……少し、羨《うらや》ましいなと思ってしまったの」

「ん、嫉妬か！　嫉妬してるのか、ふふふ、ざまーみろ！」

「嫉妬とは少し違う感情のような気がする。私は、そんなふうに頼り合える関係を、今まで築けたことがなかったから」

「サーシャ……？」

すこし切なそうな声色を聞いて、思わずその名を口にするアミン。

「へん、同情を買おうったってそうはいかないぞ。お前はただあたしたちに新しい艇をくれればいいだけだ。それ以外の理由でアミンに近づくな！」

「だからお前、きちんとお礼くらい伝えろって」

「いいの、アミン。……ええ、そうだったわね。なら、なおさら急ぎましょう。ここから帝都までは一本道だわ」

また少し雰囲気の変わるサーシャ。今度は険しい口調で、アミンとミーリアの前に立ちまっすぐ歩きだす。

「……なんだよ、変なやつ」

「確かに、な」

サーシャが謎多き存在なのは否定できない。ミーリアの言う通り、少し気を許しすぎた面はあるのかも。そう思い直すアミンだった。

＊

ディーナ帝都の城壁が目前に迫る頃になるとすっかり日も落ち、辺りは闇に包まれていた。

正面の門は固く閉ざされ、見張りが複数人確認できる。

「ここまで来ておいて今さらだが、どうやって街の中に入るつもりだ？　お前は通してもらえるのかもしれないが、俺とミーリアは確実に門前払いだぞ」

岩陰に身を潜めながら、ディーナ帝国の国籍を持たないアミンが問うと、サーシャは顎を使って合図した。

「こっち」

サーシャは城壁をぐるりと迂回《うかい》するように左の方へ進んだ。この距離ならば門番に気づかれることもなかろうが、念のため忍び足で後を追うアミンとミーリア。

ディーナの帝都は広大だ。歩けども歩けども高い城壁が続く。その間他に入り口らしきものは一つもなかった。やはりあの正面の大扉くらいしか中に入る術《すべ》はないのでは。そう思い始めていた頃。

「ここ」

サーシャは用水路に連なる鉄格子の前で立ち止まった。

「ここって、思いっきり鍵《かぎ》かかっているじゃないか」

「今開けるわ」

「え？」

アミンが驚きの声を上げるのと同時、サーシャは懐から鍵の束を取り出し、そのうちの一本を錠前《じょうまえ》に差しこんだ。

ガチャリ、と鉄格子が開く音。アミンはミーリアと訝《いぶか》しさに満ちた顔を重ね合わせる。

「人はいないと思うけど、暗いから注意して」

言いながら、洞窟の時のようにサーシャは光の球を生成した。

「……ねーアミン。やっぱこの女やばいんじゃないの?」

「残念ながら一理ある」

「二人とも、早く」

手招きされるが、どうにも逡巡《しゅんじゅん》してしまう。このままサーシャについていって本当に大丈夫なのだろうか。

「アミン、どうする?」

「乗りかかった艇……いや、まだ乗ってすらいない艇の話だ」

懸念《けねん》は膨らんでいたが、最終的にはサーシャに従おうと決めたアミン。

やはり、サーシャが悪人だとは思えないし、今さら引き返すならば初めからついてこなければ良かったのだ。ここまで旅を共にしてしまったならば行く末を見守ろう。

「知らないぞ~あたしは。アミンがそう言うなら反対はしないけどさあ」

ミーリアも恐る恐る、鉄格子からディーナ帝都領内へと侵入する。

「足元、気をつけてね。滑るから」

用水路の脇に伸びる細い道をどんどん進んでいくサーシャ。暗く、じめじめした雰囲気は昨日の洞窟を彷彿《ほうふつ》とさせた。

「洞窟で言ってた、『こういう所は慣れてる』って、そういう意味か?」

「……………」

サーシャは無言となり、こつこつと足音だけを響かせる。仕方がないのでアミンも口を噤むことにした。

用水路は入り組んでいた。どこがどこに繋がっているのかさっぱりわからない。推測できるのは、ここが帝都の地下であるということくらいだった。

そんな道をまったく何も見ず右へ左へと進んでいくサーシャ。確かめるまでもなく、過去にここを通ったのは一度や二度ではなさそうだ。

「気味悪いなあ……。いつまでこんなところ歩くのさ?」

「もうしばらく我慢して」

暗闇に怯えるミーリアが、アミンの腕にしがみつく。さすがに魔物までは出ないだろうが、アミンも多少の緊張感を覚えたくなる道のりだった。

延々と進んだ頃、また鉄格子が目の前に立ちはだかった。が、気にした様子もなくサーシャは鍵を取りだし、解錠する。

「ここからは帝国城の内部。巡回兵はいないと思うけど、一応音に注意して」

「城内……だって?」

なぜ、そんなところに。しかもその道に至る鍵を持ち合わせているとは、いったい何事なのだ。ますます混乱を重ねるアミン。

「…………………」

ミーリアはすっかり言葉を失っている。恐怖心で、というより、アミン同様不審さが際だって感情を刺激しているのだろう。

いったい、サーシャは何者で、何を考えている？

「こっちよ」

さらに奥を目指すサーシャ。道はますます入り組んできたが、迷うそぶりはない。

水路に入って二時間近くが経過した頃だろうか。

「ここを上がるわ」

サーシャが指さしたのはさびついた梯子《はしご》だった。見上げると、天井には重そうな蓋がされている。

「出られるのか？」

「出られる」

「い、いきなり誰かとご対面、なんてことないよね？」

ようやく声を絞りだし、ミーリアも尋ねる。

「そうなっても大丈夫」

いや、大丈夫なはずはないのだが。もうわけがわからない。

「先に行くわ」

お構いなしで梯子を上っていくサーシャ。アミンとミーリアはしばし顔を見合わせ続けることしかできなかった。

「早く」

催促《さいそく》されるが、なかなか身体は動かない。

「ど、どーするアミン」

「ここまで来たら年貢の納め時か。どうせ帰り道なんてわからないしな」

頷き合い、覚悟を決めた。アミン、ミーリアの順で二人も梯子に手足をかける。

サーシャが頭上にまた鍵を差しこみ、解錠した。そして軋《きし》む音を響かせながら鉄製の蓋を押し上げる。

「来て」

そのまま梯子を上りきり、アミンたちに呼びかけるサーシャ。

「…………………」

アミンも蓋を抜け、地に足をつける。視界に現れたのは不思議な場所だった。簡素でだだっぴろくて、家具や調度品はなにもない。とても帝国の城内とは思えない空間だ。

「なにここ……?」

ミーリアも顔を出すなり眉をひそめる。アミンがミーリアを引っ張り上げてやると、サーシャは無言で出入り口の蓋を閉じた。ゴウン、という音が、遠くまでこだまする。

「お待ちしておりました」

「うわっ⁉」

「ひっ⁉」

突然、背後から見知らぬ声が響き、アミンもミーリアも身を固める。そんな中、サーシャだけが悠然と振り返り、軽く会釈をした。

そして、サーシャはとうとう頑《かたく》なにかぶり続けていたフードに手をかけ、布を持ち上げる。はさり、と亜麻色の髪が広がる。薄暗い部屋の中でも凛《りん》と輝くエメラルドグリーンの瞳が、美しすぎて不調和にさえ思えた。

「……………その、顔」

アミンは戦慄《せんりつ》した。サーシャ……ああ、サーシャ。そういうことだったのか。

「なに？　知り合い？」

怪訝《けげん》そうなミーリア。

「お前、少しは外の世界にも興味を持て」

窘めつつ、アミンは未だ驚きから立ち直れないままでいた。赤い亡霊と呼ばれ、この瞬間まで旅路を共にしたこの少女が、まさか。

「改めて自己紹介するわ。私はサーシャ・ウル・ディーナ。このディーナ帝国の第三王女よ」

マントを脱ぎ捨てるサーシャ。赤と白を基調とした軽装の胸には、確かにディーナ帝国の紋章が描かれていた。

「なぜ、黙っていた？」

「ディーナと関係が深い人間であることを、知られたくなかったの」

「知られたら困ることが？」

「王女ではない私に、どんな態度を見せるか、それを見極めたかった。本当にごめんなさい。試すような真似をして」

問答を続けるアミンとサーシャの間に老人が割りこんできた。金属と油の香りを身に纏《まと》った、魔空技師のような出《い》で立《た》ちだ。

「サーシャ様、時間が」

「……そうだったわね。ギリギリ間に合ったかしら」

「そうとも言えますし、最悪のタイミングとも言えますな。……なるほど、この方たちが？」

「ええ。私に勝った魔空士。ごめんなさい。マンノウォーは大破してしまったわ」

「致し方有りますまい。あの艇ももはや最新型ではない。それくらいでないと、先がありません。なによりサーシャ様がご無事でよかった」

「ええ、そうかもね。……アミン」

「ん？」

「約束通り、艇を渡すわ。ついてきて」

そう言い残し、老人と共に奥の方へ歩きだすサーシャ。呆気《あっけ》にとられたままのアミンとミーリアだったが、二人は待ってくれる雰囲気がなかったので従わざるを得なかった。

周囲の設備を見る限り、どうやらここは格納庫のようだ。その割に停泊中の艇が周りに見当たらないのが気になったが。

「灯りを点けます」

最奥部まで案内されたところで、老人が機器を操作する。ぱっと魔光が輝き、眩《まぶ》しさで思わず目をすぼめるアミンとミーリア。

「…………これ、は」

次第に目が慣れて、アミンはその存在に気付いた。

目の前にあったのは、二機の魔空艇。

一つは、真紅。サーシャが乗っていた艇とまったく同じ色使いだ。

もう一つは、純白。鋭角なフォルムで、今まで一度も見たことのない姿をした魔空艇。

両機とも、双子のようにうり二つだった。

「かっけえ……」

吐息を漏らすように呟いたのはミーリア。アミンはその声に心の中で完全同意した。

機能美を追及した機体。牙のように反り起《そた》ったブースター。

美しい、あまりにも美しすぎる魔空艇だった。空を飛ぶ姿を想像した瞬間、その優美さに震えすら感じてしまう。

「これを、俺たちに？」

「ええ、贈るわ。あなたたちならきっと、操縦できるはず」

「あたしたちならって、どういう意味？」

ミーリアが質問すると、答えたのは老人だった。

「この二機は研究段階で死蔵が決まったのですよ。あまりにも乗り手を選びすぎる。一般兵に扱《あつか》える代物《しろもの》ではなかったのです」

「……それを王女様が俺たちにくれるという。目的は何だ」

「ギャンブル、かしら」

「ギャンブル？」

「サーシャ様、時間がありません。飛び立つなら、もう今しか」

「……わかった。どうする、アミン。ここまで連れてきておいてなんだけど、受け取るも受け取らないも貴方たちに任せるわ。それから、公平を期して言っておく。受け取れば、少なからず迷惑をかけることになると思う」

「そりゃ、帝国から艇を一機盗むようなものだし、な……」

脱出する時、そしてその先も、ディーナから激しい追撃を受けるであろうことは想像に難《かた》くない。

しかし、それでも。

アミンは既にこの艇に魅了されつつあった。操縦席から見る景色がいったいどんなものなのか。知りたくてたまらない。

「どうする、ミーリア」

「………乗る」

それはミーリアも同じようだった。目を輝かせ、口をぽっかり開けたまま純白の艇を見つめ続けている。

魔空士としてのカンが、この艇に乗れとささやきかけてくるのだ。

「サーシャ。お前……いや、あなたはまだ何か隠していますね?」

「今まで通りの話し方でいいわ。……ええ。隠してる。隠したまま、受け取れと言っている。だから、やめるというなら無理強いはしない」

「そうか。……素直にどうも」

「それで、答えは」

「受け取るよ、ありがたくな」

「……そう、ありがとう」

「礼はこっちが言うべきのような気がするんだが」

「そうでもないわ、きっと」

サーシャの物言いは気になった。気になったが、アミンは疼《うず》きが堪えきれない。この艇で飛びたい。その思いに、頭の中は完全に支配されていた。

「決まりましたかな。ならば、さっそく」

老人に促され、頷き合うアミンとミーリア。

「くれるのはどっちだ？」

「グレイソヴリン。白い方の艇よ。赤い方は一人乗りだから」

「一人乗り？　ということは」

「私もセクレタリアト——赤い方の艇で今から出るわ」

「王女様のエスコートつきか」

「そんな余裕はないかもしれない。私もまだ、この艇を完全に乗りこなす自信はないから」

それくらい手に余る性能ということなのだろうか。面白い、と、ますます興味をそそられるアミン。

「行くか、ミーリア」

「……うん！」

白い艇に近づいていくアミンたち。

操縦席に乗りこむ。内部もいかにも最新鋭といった装いだったが、基本的な機器の配置は他の魔空艇と変わりないようだ。

「ミーリア、起動を」

「りょーかい……うわっ！」

「どうした？」

「す、すごいよこれ。触れただけで全魔力持っていかれそうになった……」

機内が淡い光で満ちると同時、ミーリアの切迫した声が響く。なるほど、あまりにも乗り手を選びすぎる……か。

『アミン』

「ん？」

サーシャの声が、機器のスピーカーから流れてきた。通信システムも完備しているらしい。

『離陸したら、キーライラを目指して』

「キーライラ？」

『……強制はしないけど、そうしてくれると嬉しい』

「また隠し事か」

『……ええ、そう。ごめんなさい』

何度聞いたかも忘れたサーシャの『ごめんなさい』だが、この時の響きが最も懺悔《ざんげ》の思いが強くこめられている気がした。

アミンは思案する。サーシャの思惑《おもわく》はわからないが、キーライラを目指すというのは悪くない航路だろう。領空まで辿り着いてしまえば追っ手につけ回される心配もない。

「ま、特に行くあてもないしな。ならし運転につき合ってやる」

『……ありがとう』

「どちらも準備よろしいですかな？　天井を開けますので、そのまま垂直に離陸を」

『本当に世話になったわ。……ありがとう』

「勿体《もったい》ないお言葉です」

『貴方は大丈夫？　もし、その身に何かあれば……私は……』

「ほっほっほ。こんな老人の心配などなされるな。これでも処世には長《た》けております。問い詰められたなら、脅《おど》されたとでも言っておきますよ」

『そうね、そうして。……それじゃあ』

「サーシャ様、ご武運を」

老人とサーシャが何やら会話していたが、老人の方の声は天井の開閉音に掻き消されよく聞こえなかった。

「よろしいですぞ。発進を」

「だ、そうだ。ミーリア、いけるか？」

「とんでもなくワガママだよ、この艇。あたしがしっかり調教してやらないとねっ……！」

「期待してる。ブースター転換するぞ。離陸態勢！」

「りょーかいっ！」

機器を操作するアミン。キイイインという甲高い音が辺りを包み込んだ。

「発進！」

そして、白と赤の両機が空に舞い上がっていく。

Lise

リゼ ‖ 身長142cm

ロライマの相棒。空賊の中では飛び抜けた魔力を持つ。怒りっぽいのが難点。

Illustrator's Comment
小さいイヤリングが隠れポイント。
右手は大焱力魔法に備えてグローブをつけない。
Illustrator's Comment

CHARACTER PROFILE

第三章

chapter:3

帝都の空に舞い上がったアミンが目にしたのは、あまりにも予想外な光景だった。

「……なんだよ、これ」

辺りを囲むのは、艇、艇、艇……。

ディーナ帝国の魔空艇が、大軍を成して夜空を覆い尽くしている。

「ハメられた!?」

ミーリアが叫ぶ。

アミンもまずその可能性を脳裏に浮かべざるを得なかった。全てはサーシャの仕かけた罠《わな》。アミンたちはまんまとディーナ帝国の包囲を受ける絶体絶命のピンチを迎えてしまった、と。

だが、冷静に考え直すと辻褄《つじつま》が合わない。

アミンたちが赤い亡霊と対決することになったのはまったくの偶然だし、それになにより

サーシャには二人の寝首を掻くチャンスがいくらでもあったはずだ。それなのにミーリアの介抱まで協力し、こんなところに案内した。謀略《ぼうりゃく》にしてはあまりにも意図が理解できない。

「おいサーシャ！　どーなってるの!?」

魔力による通信システムを使い、どなりつけるミーリア。

『ごめんなさい。もう少し早く離陸できていればよかったんだけど』

「……つまり、遅れればこうなることがわかっていたって意味か？」

『そう。時間は限られていた』

緊迫感をこめてサーシャは答える。本人もまた、この事態に焦りを抱いているのが伝わる声色だった。

『なんだあの機体は!?　編隊の予定にないぞ!?』

「今の声は？」

「なんか、勝手に拾っちゃってるみたい。たぶん、ディーナ帝国軍」

どうやら魔力周波が交雑して、敵――そう呼ぶのが適切だろう――の連絡網に干渉《かんしょう》しているようだ。

その言葉を信じるなら、どうやらディーナ帝国側にとってもサーシャとアミンたちの登場は予定外の出来事のようだ。

『説得してみる』

「説得？」

『期待薄だけどね』

サーシャからの通信が途切れる。それから次の瞬間、辺りに響き渡る大音量でサーシャの声が隣の赤い機体から発せられた。

『第三王女、サーシャ・ウル・ディーナより命令です！　撤退《てったい》を！　全軍基地に戻り、今夜の作戦を中止しなさい！』

『サ、サーシャ様!?　あの艇に乗っているのはサーシャ様なのか!?』

『あの声、間違いないだろう。しかし、撤退とは……!』

『サーシャ様、そのような情報は届いておりませんが!』

『私から、直々《じきじき》の命令です。さあ、早く撤退なさい!』

帝国軍の編隊が僅《わず》かに乱れる。強い口調、そして話している相手の重さで、幾何《いくばく》かの動揺を与えることに成功したらしい。

『隊長、いかがいたしましょう……?』

『本部と連絡を取る。全軍待機!』

しかしそれで大軍が散ることはなく、アミンたちの艇と睨み合いの状況は変わらなかった。

息を呑む時間が続く。

沈黙。やがて。

『本部より……いや、王からの勅令《ちょくれい》だ。……撃破。あの二機を撃破し、作戦続行とのこと!』

『撃破!?　サーシャ様の艇をですか!?』

『繰り返す。二機の不審艇を撃破。その後に作戦を続行する!』

『……了解!』

交渉の余地なく、サーシャの命令は撥《は》ね返された。

『お父様……』

失望混じりで、サーシャが呟く。半ば、実の父から死刑を宣告されたようなものだ。その衝撃は計り知れないものがあるだろう。

『ごめんなさいアミン。やっぱり上手くいかなかった』

再び通信が入る。意外に感じるほどサーシャの声はさばさばとした諦観《ていかん》に満ちていた。

「まったく状況が見えないぞ」

『後で説明する。今はとにかく、逃げて。ここで戦闘をしても多勢に無勢すぎるわ』

「逃げるって、キーライラへか――っ!?」

もはやサーシャを糾弾《きゅうだん》する猶予《ゆうよ》も残っていないようだった。敵の艇が数機こちらに近寄ってきて、アミンたちの艇――グレイソヴリンめがけ魔弾を放ってきたのだ。

「ミーリア!」

「わかってる……わわっ!」

ミーリアがブースターに魔力を込めた瞬間、艇が飛んだ。艇が飛ぶのは当たり前のことなのだが、アミンにはそれ以外の表現方法が思い浮かばなかった。

一度の加速で、何もかもを置き去りに時空を飛び越えた。

そう錯覚するほどのスピードだった。

「何だこの艇……うおっと!」

「わ、わ、わ！　揺らしすぎだよアミン！」

「ほんの少し操縦桿倒しただけだぞ!? とんだ跳ねっ返りだ、こいつ！」

速い。速いのは良いがその速度をまったく制御できない。アミンは水平飛行に入れないまま上へ下へ、右へ左へ、ディーナ帝国領内の空を跳弾のように舞わされる始末だった。

『落ち着いて！ 繊細に操作すればきちんと飛べるはずだから！ ミーリアも魔力を放出しすぎないで！ 最小限の力で動かすの！』

「「そんなこと言われてもッ！」」

ミーリアとアミンの叫び声が重なった。なるほど汎用兵器《はんようへいき》として手に余るという烙印《らくいん》を押されるのも納得するしかない。こんな艇では乗ってる方の命が危ない。

などと嘆く間もなく敵からの魔弾が降り注いでくる。避けるのは容易《たやす》い。しかし問題は移動距離が測れずそのまま敵機の包囲網に突っこんでしまいそうになることだった。

「ミーリア！ これ以上出力落とせないのか!?」

「そんな指示想定外すぎる～！」

「想定外でもやってくれ、頼む！ このままじゃ安定飛行に入れない！」

「あーもうサーシャ～！ なんてもん押しつけてんだ～！」

『精神を集中させて！ あなたならできるはずよ、ミーリア！』

「……っ。あったりまえだ！ あたしはしじょーさいきょーのエーテルキャットだぞ！」

サーシャに鼓舞《こぶ》されたのが効いたのか（あるいはカンに障ったのか）、ミーリアは一言叫んでから急に押し黙る。そして魔導器とのコンタクトに全神経を集中させ始めた。

「……ん！　これなら」

すると次第に艇の制御が利いてきた。迫りくる魔弾を避け、そのまま発射した敵機に急接近。あと少しでぶつかる、という寸前で上昇してやりすごす。アミンの想い描いたままの飛行が、ようやく成功した。

「良い感じだミーリア！　さすがだよ相棒」

「…………………」

返事がない。集中の極みに突入しているようだ。めったに見せない姿だが、こうなった時のミーリアほど頼もしい存在はいない。

「こっちも耐久テストといくか」

呼応してアミンも集中力を高める。操縦桿を引き、ひたすら空を目指す。上へ、上へ。どこまでもほぼ垂直に駆けのぼっていくアミンの艇。

「すごいな……！　空の果てまで突き抜けちまいそうだ」

心から実感した。この艇、とんでもない暴れ馬だがその潜在能力は底が知れない。サーシャからのプレゼントは、アミンの胸を強く高鳴らせた。

『アミン、楽しんでるところ悪いけどいったんこの空域を離脱するわよ。艇の増強をされると困るからここでの戦闘は避けましょう』

「ああ、了解。……キーライラに向かうんだな」

『そう。今は何も聞かずについてきてくれると嬉しい』

アミンは少し迷った。サーシャの言うことなど聞かず、このままどこかに飛び去ってしまうというのも一つの手ではある。根無し草を信条としているアミンなのだから、そちらの方が正しい選択肢なのかもしれない。

とはいえ、やはり逃げ込む先はキーライラというのが理にはかなっている。中立国領内まで到達してしまえば、間違っても大軍を率いたディーナは攻め入ることができないだろう。

サーシャがいったい何を考えているのか。なぜ、離陸した途端大軍に囲まれる羽目になったのか。気になることは多々あったが、今は行動を共にするのがいちばん賢明と言えそうだ。

「わかったよ。先導してくれ」

『スピード出すわ、ついてこれる?』

「たぶん大丈夫だ。だんだんコツが摑めてきた」

操縦桿をしっかりと握り直すアミン。視界の果てで、サーシャの艇尾が青白く光る。

「ミーリア、ブースターの出力アップだ。ちょっとだけでいいぞ」

「その加減がむずかしいんだってば」

「できないか?」

「ふん、あたしを誰だと思ってるのさ」

高速で包囲網を突破したサーシャの艇の軌道を追い、アミンもまた敵機を潜り抜け南方へ飛んでいく。

追従してくる艇はなかった。いや、実際は追いかけられているのだろうが、そのスピードの差が歴然としすぎていて後ろから何の重圧感も感じない。身体の方にかかる重力は並大抵のものではなかったが。

「ミーリア、この艇……楽しくないか？」

「愚問だな～。めっちゃ楽しい！」

知らぬ間に、二人の表情は満面の笑みとなっていた。

＊

しばらしの時が過ぎ、ネイア海のど真ん中で二艇は安定飛行に入っていた。

『……………………』

サーシャからの通信は入ってこない。ふとアミンは、その内心を慮《おもんぱか》って尋ねてみる。

「なあ、サーシャ」

『……なに？』

「その、なんというか。気を落とすなよ」

『どういう意味?』

「いや。お前、撃墜命令出されたんだろ。……実の父親から」

アミンの耳にもはっきり届いた。王からの勅令で、二艇を沈めろと。それすなわち、親が子を殺せと宣言した、という意味だ。

その衝撃たるや、尋常ではあるまい。

『ああ、そのこと。……大丈夫よ、覚悟はしていたから』

と、思いきや。本人からの声は淡々としたものだった。

「殺される覚悟があったたってわけか?」

『お父様は……ううん、今のお父様は、そういう人だから』

「……王家も複雑ってことか」

『そうね、ちょっとだけ。……それより、操縦には慣れた?』

それ以上深く追求されたくない、という雰囲気を感じ、アミンはただ質問だけに答えることにした。

「普通に飛ばす分には、なんとかな」

『戦闘はできそう?』

「それはやってみないことにはわからん」

『そう。……そうよね』

不意に、サーシャの艇が速度を落とした。何事だ、と思う間もなく、

『じゃあ、練習しておきましょう』

サーシャの艇から魔弾が発射された。

「なっ⁉」

肝《きも》を抜かれつつ左に旋回し、躱すアミン。

『良い反応だわ。どんどん行くわよ』

さらに魔弾を撃ち込んでくるサーシャ。今度は単発ではなく複数の誘導弾だ。

「あの女！　やっぱ敵だよアミン！」

「わけわかんねえヤツだって言うのは再確認した！」

叫びながら急降下するアミン。海面すれすれまで近付き、急上昇。魔弾は慣性に逆らいきれず全弾海に落ち、盛大な水しぶきを上げた。

低空飛行を続けるグレイソヴリンの上を、サーシャの艇が素通りしていく。

『今度はそっちの番よ。攻撃してみて』

「お前本当に『説明』っていう概念がないな！」

『墜とす気で来て。でないと、私がうっかりそっちを墜としちゃうかもしれないから』

翻弄《ほんろう》され続け、さすがに軽い怒りを覚えるアミン。

「あったまきた！　アミン、やっちゃおうアイツ！」

キッ
ピキ

ミーリアの方は怒髪天《どはってん》を衝《つ》く勢いだ。

「確かにちょうどいい腕ならしかもな。ミーリア、射撃準備！」

「そうこなくちゃ！」

命令しつつ、アミンには計算もあった。本気で攻撃したとて、そう簡単にサーシャを墜とすことはままなるまい。少なくとも、新しい艇に慣れていない今の段階では。

艇を浮上させ、サーシャの背後を奪うアミン。

「何撃つ？」

「とりあえず通常弾。数は任せる」

「言ったね。そんじゃマシマシで！」

ミーリアが魔導器に強く念を込めると、魔弾砲が唸りを上げた。そして放出された青白い弾丸、その数なんと三十を超えている。

「おま、やりすぎ……！」

「ふひひ、これでも全然全力じゃないよ。やっぱこの艇すごい。あたしの魔力をカンペキに受け止めてくれる！」

水を得た魚といった感じで、ミーリアが嗜虐的《しぎゃくてき》な笑みを浮かべる。完全にサーシャを墜とす気満々だ。

とはいえ相手もそう易々《やすやす》とやられるようなタマではない。サーシャの艇は急上昇し、宙返りの態勢に入る。再びアミンたちの背後を奪う気だ。

「させるか！　ミーリア、出力上げろ！」

「ばっちこーい！」

その軌道を高速で追いかけ、アミン立ちも宙返りを試みる。重く抵抗してくる操縦桿を、力の限り引き寄せるアミン。

二艇は同じ軌道で一回転し、アミンたちはサーシャの艇の背後をキープする。

「速射弾で追い詰めろ！」

今度は先ほどよりも距離を詰め、連続攻撃でサーシャにシールドを使わせようとする。

再び上昇軌道を描き、魔弾を避けつつ宙返りしようとするサーシャ。

「芸がないね！　絶対にぶち当てる！」

ミーリアは息も吐かず速射弾を錬成しながら、ブースター制御もこなす。一刻一刻と、アミンとサーシャ、そして機体との呼吸が揃ってきているのを感じる。

サーシャの艇が宙返りの頂点に立ち、上下逆さまの状態になった。その瞬間、アミンたちの発射する速射弾の軌道も高度が合致する。今ならば当たる。そう思ったときだった。

サーシャの艇のブースターから、殊《こと》さら強い魔力が放出された。

「んなっ!?」

なんとサーシャの艇は逆さまのまま、宙返りせず水平に飛行を始めた。ミーリアの驚きが機内に響く。

「こっちもできるか⁉」

「やってや……るっ⁉　おわ！」

負けじと上下逆さまの飛行を試みるミーリアだったが、ブースター制御に失敗したのかサーシャに追いつくには至らずバランスを崩す。やむなしと操縦桿を立て直し、回転して通常飛行に戻るアミン。

「ごめん、後ろ取られたっ！」

「気にすんな、初めてにしては上々だった！　出力上げろ！」

攻守が逆転し、アミンは集中力を研ぎ澄ます。サーシャからどんな攻撃を受けても対応できるよう身構えつつ、全速力で振り切りにかかる。

サーシャの艇はだいぶ後方を飛行している。向こうも全速力なのだろうが、同じ性能の機体なので追いつくには至らない。

「さーて、ここからどうする気だサーシャ」

「アミン、魔弾確認。なんか――速いッ！」

ミーリアの声で反射的に艇を右に振るアミン。その脇を、細長い光が一瞬でかすめていった。

光は岩礁に着弾する。途端、岩が爆発四散した。

「な、なんだ今の攻撃……」

『圧縮弾よ。ミーリア、あなたもできるはず』

「へ……いや、てゆーか完全に墜とす気だったろアレ！」

『避けられると思っていたわ。あれくらい避けてもらえないと困るもの』

「理屈になってないぞ……」

ともあれ、この艇の魔弾砲ならばあんな種類の弾も発射可能らしい。気づいていなかった可能性を知らされたのは事実だった。

「……アミン、やる。正面からいく！」

「やるって、真似るのか？」

「あいつにできてあたしにできないわけがない！」

「……よし、わかった。大旋回する」

アミンは最高速度を保ちつつ、艇を時計回りに動かした。サーシャもまた、逆方向に離れていく。ミーリアの挑戦を真っ向から受けて立つつもりだ。

艇と艇の距離を最大限に開けたのち、アミンは軌道を変えてサーシャと向き合った。そのまま一直線に赤い機体目がけ突進する。

「ミーリア、信じてるぞ」

「なんども言わせないでよ。あたしがしじょーさいきょーのエーテルキャットだっ！」

先に、サーシャの魔弾砲から強いエネルギー反応。

「来るぞ。……圧縮弾、準備」

「やってやるっ……！」

ばちん、と魔導器を叩くミーリア。魔弾砲に、光が宿り膨張《ぼうちょう》していく。

光の膨張が収まると、今度は凝縮《ぎょうしゅく》が始まった。どんどん魔力が一点に集中していく。

同時にサーシャのとの距離も刻一刻と近づく。二艇の高度はまったく同じ。何も起こらなければ衝突する。

いや、その前にこちらの艇が焼き尽くされて終わりか。サーシャの艇からも、再び強い魔力が放出されつつある。向こうももう一発、圧縮弾を放つ気だ。

機体と機体が交錯《こうさく》するまで、あと五秒足らずの距離。
四、三、二、一――。
「いっけぇ！」

轟音《ごうおん》と共に、魔弾砲から一直線の光線が発射された。同時に正面からも光が迫る。

光と光は正面からぶつかり合い、互いの魔力が中空で爆発する。

「威力は互角か……！」

盛大な爆煙を掻い潜《くぐ》るように、艇の軌道をずらすアミン。そのすれすれを、サーシャの艇が通り過ぎていった。

『お見事。よくできました』

「なにを呑気《のんき》な……」

幾分嬉しそうなサーシャの声に、興奮を忘れため息を漏らしてしまうアミン。確かに未だ摑み切れていなかったこの艇の真価、その一つを習得させてもらったことにはなるのだが、やり方があまりにも乱暴すぎる。

「ナマイキなやつ！　アミン、次いくよ次！」

『待って。もうすぐキーライラ領に入る。講習会はここまでにしておきましょう』

言われてみれば、アミンたちの艇はいつの間にかネイア海の南端に辿り着きつつあった。

「どこまで勝手なんだよ」

肩で息をしながらぼやくミーリア。

『ごめんなさい。早く実戦を経験してもらいたかったから』

「実戦を？　なぜ？」

『……さあ、私についてきて』

有無を言わせず、先陣を切るサーシャ。

アミンとミーリアは、呆れ顔で視線を交差させることしかできなかった。

サーシャの艇は速度を落とし、先ほどまでとは打って変わって静かな飛行態勢に入る。

向かっているのは、キーライラ王国の首都のようだった。

「どうするんだ？　キーライラは人の出入りに厳しいぞ」

『私の名前を出せばなんとかなると思う』

「なんとかならなかったら？」

『……その時考えるわ』

「……さいですか」

もはや、アミンたちの質問に答えてくれる気はないのだろう。サーシャが何を考えているのか知るには、このままキーライラに向かうしかなさそうだ。

今さら袂《たもと》を分かつ気にもなれず、素直にサーシャに従い安定飛行に入るアミンたちだった。

＊

『不審艇に告ぐ！　国籍と目的を答えろ！』

キーライラ王国首都の上空に近付くと、案の定巡回艇に見つかり詰問を受ける羽目になった。

『私はサーシャ・ウル・ディーナ。ディーナ帝国の第三王女です。キーライラ王に大切な伝言があり、無礼を承知で訪問させて頂きました。こちらに攻撃の意思はありません。願わくば、着陸許可を』

張り詰めた声で切々と語るサーシャ。その迫力に気圧《けお》されたのか、巡回艇は一瞬間を置いてから返答を送ってきた。

『……本部に問い合わせる。しばらくそのまま待機するように』

とりあえず、いきなり攻撃されるといった事態にはならなそうでホッとするアミン。墜とされる気はさらさらないが、無用な戦闘は避けたいのが本音だ。

「伝言っていってたよね」

「ああ、なんだろうな」

先ほどのサーシャの発言をアミンとミーリアは反芻《はんすう》する。サーシャの胸中はいかに。考えて答えの出るものでもないだろうが。

『……二艇に告ぐ。着陸許可が下りた。こちらの誘導に従うように』

『お心遣《こころづか》いありがたく存じます』

どうやらサーシャの望みは叶《かな》ったらしい。巡回艇が反転し、艇渠まで案内してくれるようだ。

「二艇って、あたしたちも入ってるってことだよね」

「そうだな。どうする、このままバックレるか?」

「やだよ。なんか気になるじゃん」

「あまり首を突っ込まない方がいい気もするんだがな」

「ほんと素直じゃないなアミンは。サーシャのことが気になるって顔に書いてあるよ」

「壊された艇を受け取ってサーシャとの関係はイーブンだ。このまま逃げても貸し借りなしだろう」

「めんどいやつ！　んじゃ、あたしからのお願い。もう魔力切れそう。ここで休ませて」

「絶対嘘だろ」

「あ、もうダメ。ブースター切れる」

「やめろ、墜落する！　……わかったわかった。着陸しよう」

ここまでつき合ってしまったのなら、サーシャの目的を知っておきたい。そう思う気持ちはアミンにも確かにあった。だが、面倒ごとに巻きこまれるのは本意ではない。

ただ、キーライラは平和な中立国。艇を降りたところで取って食われることはないはずだ。ミーリアが魔力を消費していることも事実だろうし、渋々ながら相棒の好奇心に応《こた》えることにした。

着陸するように指示されたのは、王宮にほど近い広場だった。おそらくは非常用の発着場だろう。

「ミーリア、着陸態勢。そーっとな」

「大丈夫だって。もうこの艇にもだいぶ慣れてきた」

言葉通り、ミーリアのブースター制御は堂に入ったものだった。あまり褒《ほ》めたくはないが、サーシャの荒療治が効いたのかもしれない。

無事着陸を果たし、魔空艇の外に出る。発着場の周りは、多くのキーライラ兵が取り囲んでいた。

「そう簡単に逃げられなくなったな」

「平気よ。キーライラの人たちが襲ってくることはないはず」

「だといいが」

同じく艇を降りたサーシャの横に立ち、軽く言葉を交わす。サーシャの表情は固い。伝言とやらの内容に関わっているのだろうか。

やがて、キーライラ兵の隊列が二つに割れた。そのど真ん中を、腰の折れた老人がこちらに向け歩いてくる。

「サーシャ様。大きくなられましたな」

「お久しゅうございます、クジン様。お変わりありませんか」

「のんびりとした国ですからな。あなたのこのご来訪が、久方《ひさかた》ぶりの一大事かもしれませぬ。ほっほっほ」

「……申し訳ありません。王と接見させて頂きたいのですが、可能ですか？」

「王は歓迎なさっておられます。……と、その前に。そちらのお二方は、王女の従者様で？」

「……はい。そのようなものです」

「こら、勝手に子分にするな……もが」

「少し黙ってろ」

反抗しようとしたミーリアの口を、アミンが塞《ふさ》ぐ。今はもう成り行きにことを任せた方がいいだろう。

「左様ですか。かしこまりました。こちらへ」

少し訝しむ気配を見せたものの、老人はアミンたちも含め王宮へ案内してくれるようだった。

歩きだした老人に続き、アミンたち三人も王宮へ近づいていく。

「……あの方は？」

途中、こっそりとサーシャに耳打ちするアミン。

「クジン様。この国の大臣よ」

「初対面じゃないようだったが」

「私のお母さん、もとはキーライラの王女だったから。……早くに亡くなってしまったけどね」

「……ああ、そういえばそんな話も、聞いたことがあったような。掘り返してすまなかった」

「構わないわ。ただの事実だし」

少し気まずい思いを感じつつ、アミンは考えこむ。血縁関係があるからキーライラを訪れたのだろうか。いや、それだけにしては旅立ちが物々しすぎるか。

「これがお城かぁ」

物見遊山《ものみゆさん》気分で声を上げるミーリア。アミンも王宮などとは無縁な生活をしていたから珍しいのは同じだったが。

石造りの建物は、夜が深まってきているのもあって暗い。ただそれでも所々蠟燭《ろうそく》で照らされた風景や調度品から、なんとなく温かみが伝わってくる。この国の風土を城が表しているような気がした。

「こちらへ」

老人が階段を上っていく。この先が玉座の間なのだろう。

大扉の前に着くと、門番が敬礼して中に招いてくれた。サーシャに続き、アミンたちも入っていく。

「なんだか貴族になった気分だな」

「ふふっ、悪くないものだね」

「…………………」

軽口を叩き合うアミンたちとは裏腹に、サーシャはずっと緊張感を保ち続けている。

玉座には大柄で人の良さそうな男が座っていた。間違いない、キーライラ王だ。

「これはこれはサーシャよ、いつぶりかな。うむ、娘の生き写しのように育ったな。早逝《そうせい》は悲しいことだが、お主が立派に育ってくれて儂も嬉しいよ」

にっこりと微笑むキーライラ王。孫娘との対面を心から喜んでいる様子だった。

「ご無沙汰しております。お祖父《じい》さま。夜分遅くに申し訳ありません」

サーシャがお辞儀すると、その顔がほんの僅かに険しいものとなった。

「このような時間に、予《あらかじ》め書簡もなしでの訪問。ただ事ではなさそうだが、いったいどうしたと言うのだ」

　問われると、サーシャは殊さら大きく息を呑んだ。

「……単刀直入に申し上げます。この国を、ディーナが攻めてきます。今晩に」

「えっ？」

「この国？」

　驚きを漏らすアミンとミーリア。確かに先ほどディーナ帝国の大軍は見た。しかし、その矛《ほこ》先《さき》がキーライラである、という可能性は微塵《みじん》も考えていなかった。

「おかしなことを言うな。ディーナとキーライラは代々平和条約を結んでおるだろう」

「お父様……ディーナ王は条約を破るつもりです。今すぐ市民の避難を呼びかけ、対抗の準備をなさってください」

「待て、サーシャよ。ディーナ王が野心的であることは知っている。ヴィブロ王国と一触即発であることももちろんな。しかし、我々キーライラとは友好な関係を築いてきたではないか。その証拠が、わが娘とディーナ王との間に生まれたお前という存在だ」

「お父様は、変わってしまわれました。まるで、何かに取り憑《つ》かれたように。ヴィブロ陥落の地の利を得るため、先にキーライラを攻め落とすつもりなのです」

　地の利──その言葉だけを取れば、非常に説得力があった。ディーナ帝国はヴィブロ王国と海を挟んで対峙しているが、このキーライラ王国はヴィブロと地続きだ。ここを拠点にできれば、ヴィブロ攻略に非常に有効な配置を築くことができるだろう。

しかしながら。

「サーシャよ。お主を疑いたくはないが、儂はディーナ王を信じておる。我々に牙を向けるなど、とてもではないが考えられん」

「しかし、現にディーナは軍備を整えこちらに向かっております！　私も、この者たちもしかと目にしました！」

突然、アミンたちにも話を振ってくるサーシャ。

「……本当なのか」

「んー。確かにディーナの艇隊は見たけど」

「ミーリア、口の利き方。……はい、目撃しました」

「我が国を狙っていたのか」

「そこまでは、わかりません」

素直に答えるアミン。あのディーナの大軍の矛先がどこなのか。それは本当にあずかり知らぬことだった。

「うーむ」

「お祖父さま、ご英断を！」

しばし考えこむキーライラ王。あまりにも寝耳に水な話で、にわかには受け止めがたい。アミンですらそうなのだ。王という立場でなら尚さらだろう。

「……ディーナ迎撃のため軍を動かしたとなれば、一大事だ。それこそ両国の友好にヒビを入れることになりかねん。すまんな、サーシャ。お主の話、そのまま受け入れるわけにはどうしてもいかん」

「お祖父、さま……」

「今日はもう遅い。一晩泊まっていきなさい。その者たちにも寝床を用意しよう」

「………くっ」

サーシャの訴《うった》えは退《しりぞ》けられ、迎えの兵が何人かやってくる。アミンたちも連れられるまま、玉座の間を後にすることとなった。

＊

「ってなんだここ！　牢屋《ろうや》じゃんか！」

サーシャと離され、アミンとミーリアが連れてこられたのは、まさにミーリアが叫んだ通りの場所だった。

「すみません、他に空き部屋がないもので」

慇懃《いんぎん》な笑みを浮かべた兵士が、形だけの詫びを告げながらアミンたちを牢獄の中に押しこむ。

絶対嘘だろう。王宮なのだから貴賓室（きひんしつ）の一つや二つくらい備えていなければおかしい。素性の知れぬ一般民に、そんな大層な場所を用意してやる義理はないということか。アミンは打って変わってキーライラ王国に対し不平感を抱いた。

しかし直後に考えを変える。違うかもしれない。これは一種の牽制と枷《かせ》なのだろうか。サーシャが勝手な行動に打って出ないよう、アミンたちは半ば人質として利用されたのか。そう考えればこの低待遇もある程度納得がいく。

もっとも、サーシャにとってアミンたちは要人でもなんでもない。実際には人質の体《てい》を成していないのだが。

「ミーリア、我慢しよう。俺たちにはこの程度の寝床がお似合いだとさ」

「う〜。せっかくのお城なのにあんまりだ……」

文句を言いながら、どかっと壁際に腰を降ろすミーリア。アミンも抵抗せず、その隣にあぐらをかいた。

「明日の朝までご辛抱下さい。迎えに参りますので」

言い残し、去っていく兵士。こつ、こつ、という足音が消えると、辺りは静寂に包まれた。他に囚人は存在しないようだ。

「さっぶ……」

ミーリアが膝の上に乗ってくる。アミンもまた肌寒さを感じていたので、特に追い返すことはせず好きにさせておく。

「なあ、ミーリア。お前はどう思う?」

「どうって?」

「本当に、ディーナ軍はキーライラを奇襲するつもりなのかな」

「わかんないよ、そんなこと……わっ!?」

突然、轟音が響いた。地震かと最初は思ったが、どうも違う。轟音は巨人の足音のように、定期的に響いてくる。

「空襲、か?」

「じゃあやっぱり、サーシャの言った通りディーナ軍……?」

「とりあえず、ただ事じゃないのは間違いなさそうだ」

ずしん、ずしんと城が軋む。天井の石が崩れ、ミーリアの頭に降り注いだ。

「痛った! ね、ねえアミン。こんなところにいたらヤバくない……?」

「ああ、ヤバいな。城が崩れたら瓦礫《がれき》の下敷きだ」

「シャレにならないってば。おーい! 誰かー! 助けにこーい!」

牢獄の扉を揺らし、大声で叫ぶミーリア。しかし、返事が返ってくる様子はなかった。

——ズウン!

とびきり大きな爆発音。またしても天井から石が降ってくる。今度のは先ほどより大きな塊《かたまり》だった。

「うわーん、こんな最後嫌だよ～！」

「しっ、待て。足音がする！」

しばしの間為《な》す術なく立ち尽くしていたアミンだったが、こちらに駆け寄ってくる音を聞き分けミーリアを制す。視線を向ければ、サーシャが振動によろめきつつこちらに向かってきてくれているところだった。

「良かった。アミン、ミーリア、無事ね！」

「ああ、なんとかな。まさか来てくれるとは思わなかった」

「私が巻きこんだんだから助けるのは当然でしょ。遅くなってごめんなさい。部屋を抜けだすのと、鍵を探すのに手間取っちゃって」

途中で兵士から奪ったのか、鍵の束を取りだし錠前に差しこむサーシャ。やがて鍵が合致し、ガチャンと扉が開いた。

「艇に向かいましょう！」

休む間もなくアミンたちを促すサーシャ。

「待て。向かってどうする」

「……迎撃するわ」

「襲っているのはお前の国なんだろ？」

「そう、ディーナの軍隊」

「討《う》つのか、祖国を」

「覚悟なら、もうしてきてる」

「……そうか。じゃあ止めはしない」

「……ねえ、アミン、ミーリア。お願いがあるの。あなたもいっしょに戦ってくれない？」

「は？　あたしたちにそんな義理ないでしょ。壊した艇の代わりをもらって、それでチャラじゃんか」

　眉根を寄せるミーリアを見て、サーシャの表情が沈む。

「そう、ね。確かにないわ。だから、ダメなら諦める」

「お前、最初からそのつもりで……。強い魔空士を見つけるために、赤い亡霊になって空賊たちを襲っていたのか」

「そう。グレイソヴリンを操縦できる魔空士を探していた。見つけて、城に連れてきて――」

「――その後は？　艇だけ奪ってバックレられちゃうかもしれないじゃん」

「わかっていたわ。一緒に戦ってくれる仲間が見つかるなんて、確率の低い賭けだってことは。ただ、グレイソヴリンをディーナから持ちだしてもらえるだけで、賭けには半分勝ったようなものだったの。あの艇をディーナに置いておくのは危険すぎるから」

　ようやくサーシャの行動原理を理解して、半ば腑《ふ》に落ち、半ば呆れるアミン。サーシャの計画通りにことが運ぶ可能性など、神がかり的に低い。

そんな選択肢しか見いだせないほど、追い詰められていたということなのだろうが。

「……とにかく、この牢を出ましょう。城にいたら危ないわ」

「……そうだな」

サーシャと共に駆けだすアミンたち。行き先は同じ、艇を降ろした発着場だ。

城の中は蜂の巣をひっくり返したような騒ぎだった。辺りから悲鳴がこだまし、逃《に》げ惑《まど》う人々と何度もぶつかりそうになる。

「アミン、こっち！」

「ああ！」

サーシャに先導してもらい、発着場へと至る道を引き返すアミンとミーリア。

「よっし、無事到着……うわ」

外に出た途端ミーリアが顔をしかめる。

空が、街が燃えていた。絶えず降り注ぐ魔弾によって、キーライラ王国は破壊の限りを尽くされようとしている。

「ひっどいな……！　ここまですることないじゃん！　しかも不意打ちで！」

「……これが今のディーナ帝国よ」

首を振るサーシャ。一見すると無表情だが、その瞳は悲しみの色に染まりきっていた。

「キーライラ軍はまだ動けてすらいないみたいだな」

「もっと強く説得すべきだった。私のせいだわ……」

「サーシャは悪くないだろ。どうせ聞いてもらえなかった」

「でも……」

「それより、これからでしょ！　一方的にやりたい放題なんてムカつく！　目にもの見せてやらないと！」

牢屋での会話と矛盾したことを言うミーリア。破壊される町を見て、感情が揺さぶられたようだ。

「ミーリア、戦ってくれるの？」

「こんなの見てられないよ！　ね、アミン！　ほっとけないよね！」

「俺は主義主張では動かない」

「アミン！」

冷たく言い放つと、ミーリアが腰にしがみついてくる。

「……ただ、人に借りを作るのは嫌いだ。サーシャは俺たちを牢から出してくれた。そのぶんの借りは返さないとな。行こう、空へ」

「……っ！　ほんと素直じゃないな、アミンは！」

顔を上げたミーリアの表情が笑みで満たされた。

「アミン……」

「無駄話はこれくらいにしよう。これ以上被害が出る前に、やるぞ」

「……ええ、そうね。ありがとう」

「礼ならいらない。これで貸し借りなしってだけだ」

頷き合い、アミンたちとサーシャはそれぞれ艇に乗りこむ。ミーリアの魔力で機器に命が吹きこまれると、アミンは短く叫んだ。

「グレイソヴリン、発進する！」

「ほいきた！」

ブースターが唸りを上げ、アミンたちを空に連れていく。街を無慈悲に攻撃していたディーナの艇隊が、一瞬その手を緩めた。こちらの存在に気がついたようだ。

「前方五艇に誘導弾」

「まっかせなさい！」

アミンに呼応して、ミーリアが魔弾を発射する。突然の攻撃に防御が間に合わなかった三艇が炎に包まれ、辛《から》くもシールドの展開に成功した二艇も大きくバランスを崩す。

「追い撃ちだ。速射弾」

操縦桿を引き上げるアミン。よろついた動きを見せる艇の背後を取り、速射弾の照準に収める。やがて魔弾はシールドを突き破り、その両翼を射貫く。

「よし、もう一丁。速射弾を継続」

「何発だってどんとこいだ！」

「やっぱりお前、ぜんぜん魔力尽きてないじゃないか」

返す刀で誘導弾から逃れた最後の一艇を撃破。離陸と同時に、アミンとミーリアは敵の数を五つ減らすことに成功した。

『キーライラより応戦！　艇数二！』

『たった二機に翻弄されるな！　集中攻撃！　さっさと沈めてしまえ！』

ディーナ軍の通信が聞こえてくる。とたん、街を攻撃する手は止み、全艇の矛先はアミンたちとサーシャに向けられた。ここからが本番だ。

「アミン、どうする？　囲まれるよ」

「囲まれないさ。この艇なら」

操縦桿を引きつつ加速するアミン。目指すのは空の果てだ。

ぐんぐん上昇していくグレイソヴリンを追って、ディーナ軍の魔空艇もまた高度を上げてくる。しかし、艇の性能の違いでその距離はまったく縮まることはなかった。

「ミーリア、座標探知。下には何がある？」

「海だね。街からは外れた」

「よし、なら頃合いだな」

アミンの艇は『へ』の字を描き、旋回しながら急降下。後ろを追っていたディーナ軍に対し真っ正面に向かっていく。

「散弾準備。魔力を使い果たさないようにな」

「あいよっ。そんならちょびーっとだけ！」

艇隊とグレイソヴリンが交錯する直前、魔導砲に強い光がこもった。そして、百を超える魔弾が真下に降り注ぐ。

着弾し、次々と炎上していくディーナ帝国の艇。一気にその数は半数近くまで減った。

「ひゅう、壮観だな。でも大丈夫かミーリア。撃ち過ぎじゃないのか？」

「ぜんぜん。小指で弾いてやった程度だよ」

改めて艇の性能に感嘆するアミン。速度だけではなく、攻撃力も過去の艇とは段違いだ。

「まったく相手にならないね。このぶんだと簡単に全滅させられそう」

「ああ、でも油断はするなよ。数じゃあ圧倒的に負けてるんだ」

嬉々と指を鳴らすミーリアに釘を刺すアミン。今の一撃でだいぶ減らせたとはいえ、まだ集中砲火は浴びたくない戦力差がある。

高度を下げ、水平飛行に移る。その間にまた一機の背後を取ることができたので、速射弾で撃破。

「ん？」

次の瞬間、妙な光景を見た。サーシャの赤い艇が、敵を一機追い回している。それはいいのだが、一向に撃墜する気配がない。艇の性能を考えれば、もうとっくに勝負がついておかしくないはずなのだが。

「まさか、あいつ」

「ん？　どうしたのアミン」

「ミーリア、サーシャの艇を追うぞ」

「……？　いいけど、どうして？」

「ちょっとお灸《きゅう》をすえてくる」

左に旋回し、追いかけっこを続けているサーシャたちに近づく。するとアミンの懸念したとおり、サーシャは速射弾を単発で撃ちこむだけのぬるい攻撃でディーナの艇と決着をつけようとしていた。

「おい、サーシャ！」

通信機に向け、大声で叫ぶアミン。

『……なに？　通信してる暇があるなら――』

「あのな。お前、この期《ご》に及んでディーナの兵も生かそうとしてるだろ！」

『……っ』

沈黙が返ってきた。それが答えなのだとアミンは確信する。

サーシャはまた尾翼だけを撃ち抜き、魔空士たちを不時着させるつもりなのだ。だから圧倒的に艇の性能差がありながら、一機墜とすのにも手間取っている。

「よく聞け。もうこれは戦争だ。戦争は人が死ぬ。殺す覚悟のないヤツが戦場に出るな。逆に殺されるだけだ。いいかサーシャ、目の前にいるのは敵だ。敵を墜とせ。できないなら艇を降りろ。キーライラ城に戻って避難誘導でもしておけ」

『…………』

沈黙を返すサーシャ。相変わらず敵の背後を追いかけてはいるが、攻撃の手は完全に止んでしまっている。

「援護する？」

「いや、見守る」

アミンはしばし、敵の攻撃に備えつつサーシャの軌道を追った。無言の艇から、葛藤《かっとう》が伝わってくる。

『……そう、そうよね。覚悟はしてきたはずだったのに、甘かったわ。私は祖国に反旗を翻《ひるがえ》して、戦争に加わった。その罪は今さら拭えない。背負うしかない』

サーシャの声色が変わり、赤い艇の魔弾砲に青白い光が宿った。光は一直線の細い弾道となり、目の前のディーナ艇に着弾する。

そして、爆《は》ぜた。跡形も残らないほど、敵機は木っ端《こっぱ》微塵に粉砕された。

圧縮弾だ。魔空士たちは苦しむ間もないほど一瞬で消し炭と化しただろう。

「……それでいい」

『……ありがとう、アミン。眼が醒めたわ』

「礼なんて言うな。人殺しを強要したんだ。……さあ、まだまだ墜とすぞ」

『ええ。わかってる』

サーシャの艇が旋回し、敵軍に突っこんでいく。

「世話かけさせやがって」

「アミン、やっさし～」

「優しくはないだろ」

「じゃあ、お人好し」

「それも違う。サーシャが戦力になってくれないと困るだけだ」

「はいはい、わかりました。……にしても、サーシャのやつ。あたしらを攻撃する時は完全に殺しにきてたくせに」

「それだけ信用してくれてたんだろ。俺たちなら本気のサーシャと戦っても墜ちないって」

「へへん。まあ、事実その通りだけどね」

「ああ、そうだな。……さて、さっさとその期待に応えるとするか」

残る敵機は十数あまり。そのうち一機は作戦指示を飛ばしている隊長機だ。

「本陣を一気に叩くか」

「賛成。終わらせちゃおう！」

アミンたちはサーシャの後を追って残軍のど真ん中へ突入する。魔弾が降り注ぐが、アミンもサーシャも巧みに艇を揺らしその全てを躱す。

敵軍は陣形を保ったまま、さらに魔弾で迎撃を試みる。

「動かないのか。甘いな、それじゃ良い的だ。……サーシャ！」

『なに？』

「このまま決めるぞ。敵全機に誘導弾を放つ。できるよな」

『……やるわ。任せて』

「よし、散開」

アミンは右方向へ、サーシャは左方向へ。いったん互いの距離を開ける。

そして艇首を再び敵軍の方に向け、その全てを照準に定めた。

「誘導弾準備。目標捕捉！」

「おっけ〜！　ロックオンしたよ！」

「発射！」

魔弾砲が火を噴き、十数発の誘導弾が敵に襲いかかる。しかも対角線上から、サーシャもまた同じように誘導弾を発射している。

危機を感じようやく隊列を崩した敵軍だったが、時既に遅し。逃げ場を失い次々に誘導弾の餌食になっていく。

キーライラ領上空が、赤く燃え散った。

「やったよ、全弾着弾!」

「残機は?」

「なし! みんなやっつけた!」

「……ふぅ」

ようやく大きな息を漏らすアミン。

＊

「サーシャよ。此度《こたび》はなんと礼を告げて良いのか。そして不遇に扱ったことをなんと詫びて良いのか」

殲滅《せんめつ》を終えキーライラ城に戻ると、大歓声と共に迎えられたアミンたち。そのまま玉座の間に案内され、深く首《こうべ》を垂れる王と対面することになった。

「あたしたちにお礼は～?」

「おお、もちろんその者たちにも世話になった。一時とはいえ、牢に入れるなどという真似をした儂は本当に愚かだった」

「まったくだぞ」

「ミーリア、いい加減にしろ」

口の利き方を知らない相棒の頬を軽くつねるアミン。

「お祖父さま。城や街の被害は……?」

「うむ、建物は相当やられたが、幸い人の命はそれほど失われていない。お主たちの活躍のおかげだ」

「それは何よりです。しかし、帝国はまた必ずや攻めてきます。奇襲という形が失敗に終わった今、真っ向から宣戦布告してくる可能性が高いでしょう」

「……ヴィブロ王国と密な連絡を取る必要があるな」

キーライラ王国はディーナ帝国と同時に、ヴィブロ王国とも平和条約を結んでいる。その片方が一方的に条約破棄《はき》してきたとなれば、ヴィブロ側が友軍として駆けつけてくれる可能性が高い。

そうなった時の攻略は容易ではないと感じていたからこそ、ディーナ帝国は奇襲という形でキーライラを襲ったのだろう。

「今日の夜襲が明るみになればもちろんヴィブロも黙ってはないでしょう」

「そうだな。……して、サーシャよ。お主はこれからどうする?」

「ディーナに仇なした以上、国に戻ることはできません」

不意に、サーシャがレイピアを抜いた。玉座を囲む兵士に緊張が走るが、王はそれを制しサーシャの動向を見守る。

「お祖父さまの前で剣を持つ無礼、お許し下さい」

傅《かしず》いてから、サーシャは自分の服の胸をつまみ上げる。そして、ディーナ帝国の紋章をざっくりとそぎ落とした。露わになった下着から、ハッと目を逸らすアミン。

「これで私は国なき民です。お祖父さま、願わくば、キーライラ王国への亡命をお許し頂けませんか?」

「……許そう。そなたはこの時より、我らキーライラの人間だ。この国のために、忠義を尽くしてくれるか?」

「私にできることであれば、なんでもいたします」

ぽつ、ぽつ、と、どこからか拍手があがる。やがてそれは大喝采《だいかっさい》となり、キーライラの民に希望を植えつけるのであった。

＊

「なんだよ。やっぱりちゃんとした部屋あるんじゃん」

その夜、アミンたちも功績を称《たた》えられ、ちゃんとした寝床を与えられた。今度は牢獄ではなく広い貴賓室だ。

「久しぶりに暖かくして寝られそうだ」

巨大なベッドに横たわり、頭の後ろで腕を組むアミン。思い返せば『赤い亡霊』を追いかけてから怒濤《どとう》の日々だった。気ままな『逃がし屋』暮らしがはるか昔のことのように感じられる。

「朝ごはん楽しみだな～。きっと豪華なんだろうな」

「お前は気楽で良いな」

「どしたのアミン？　なんか考え事？」

「そんな大層なものでもない。ただ」

「ただ？」

「時代が動くなって」

このままだと十中八九、ディーナ帝国対キーライラ・ヴィブロ連合軍の戦争が始まる。そうなったらこのネイア海近辺でアミンの居場所は消えるだろう。どこにも人を逃がす場所がなくなるからだ。

「難しいことはわかんないよ。ふぁ～あ。さすがに眠い。寝て良い？」

「ああ、ゆっくり休め。今日は頑張ったな」

「ふひひ、もっと感謝して良いんだよ」

アミンの隣に身体を滑りこませ、にんまりと笑うミーリア。頭をぽんぽん撫でてやると、猫のように至福の表情を浮かべる。

やがて、寝息が聞こえてきた。やはり長旅も含めて疲れが溜まっていたのだろう。

「……あれこれ考えても仕方ないか。俺も寝よう」

そう決めた矢先、扉からコンコンとノックの音が響いた。

「ん、誰だ？」

気怠《けだる》さを我慢し、扉に近づくアミン。ノブを捻ると、そこにいたのはサーシャだった。

先ほど破った赤い服から着替え、白の簡素なドレスを身に纏っている。

「どうした、何か用か？」

「少し、話ができないかと思って」

「……構わないが、ミーリアが寝てる。場所を変えても良いか？」

「ええ、もちろん」

サーシャと部屋の外に出る。間近にバルコニーがあったので、そこに向かうことにした。

屋外からは街の様子が広く見渡せた。まだあちこちから火の手が上がったままで、戦いの凄《せい》惨《さん》さを思い出させる。人的被害が少なかったというのは、まさに奇跡としか思えなかった。

「それで、なんだ。話って」

「まずは、ありがとう。一緒に戦ってくれて嬉しかった」

「言ったろ、礼には及ばない。牢屋で瓦礫の下敷きになりそうなところを助けてもらった借りを返しただけだ」

「そうだったわね。それから、ごめんなさい。あなたに活を入れられなかったら、私はまだ甘い覚悟のまま戦場に立ち続けてしまうところだった」

「そっちも謝る必要はない。サーシャが戦力にならなかったら俺たちの手間が増える。それが嫌だっただけだ」

「……くすっ」

「なにがおかしい？」

「ごめんなさい。なかなか感情を見せてくれない人だなって思っちゃって」

「馬鹿にしてるのか？」

「違うわ。それだけ動じない性格をしているからこそ、魔空士として一流なのかなって思っただけ」

「……一流でもなんでもない。ただの流れ者だよ、俺たちは」

「これから、行くあてはあるの？」

「あるような、ないような」

そう答えると、サーシャはきっと面持ちを固くして、アミンと正面から向き合った。

「ねえ、あなたもこの国の人間にならない？　そして、私と一緒に――」

「戦争にも世界情勢にも興味はない。貸し借りがチャラになった今、もうサーシャに助太刀《すけだち》する理由はない」

「…………そう。そうよね」

俯《うつむ》くサーシャ。

「艇に関しては、感謝してる。大事にするよ」

「お願い。グレイソヴリンが敵の手に渡ったらとんでもない脅威《きょうい》になる。あの艇がアミンの元にあるというだけで、少しは安心できるから」

「……なあ、一つだけ訊いて良いか？」

「ええ、なんでも」

「なぜ、祖国を捨ててまでキーライラに肩入れする？　母親の国だからってだけで、そんなに愛着が湧くものなのか？」

アミンが尋ねると、サーシャは火の手の収まらない街の方を見やってひとつ息を漏らした。

「私は、機械として育てられたの」

「機械？」

「お母様が亡くなってすぐの頃だったわ。私に、強い魔力適性があることがわかった。それからお父様は、私に数々の実験を繰り返したわ。その強い魔力を長らく保てるように、身体にいろんなものを埋めこまれた。それから、魔空士としても徹底的に鍛《きた》え上《あ》げられた。お父様は、私を殺戮機械《さつりくきかい》として利用するつもりだった」

「…………」

「優しかったお父様は、いつの間にか変わってしまった。ディーナが侵略戦争を繰り返して帝国へと様変わりしていくのを、私は実験と訓練の毎日の中で見届けた」

「それを、恨んでいる？」

「恨みとは少し違う。ただ、お父様がなぜあれほど領土を拡大しようとするのかわからなかった。平和に暮らしている国から奪えるものを奪えるだけ奪って、肥えていく自分の国が……ディーナ帝国というものがわからなくなった」

「だから、反抗をしようと思ったのか」

「お母様は、しょっちゅう私に言いきかせていた。キーライラは美しい国だって。……ある日、夢を見たの。その、お母様が愛した祖国を、私がこの手で破壊する夢を。あの時から、なにもかもが怖くなった。自分という存在が、恐ろしくてたまらなくなった。正直、自殺も考えたわ。殺戮機械として存在するディーナ帝国の王女なんて、いなくなってしまった方がいいと、そう思った」

「その道を選ばなかったのは？」

「ディーナの格納庫で、アミンも会ったでしょう」

「あの、年老いた技師のことか？」

「そう。あの人が、私にもう一つの可能性を示してくれた。壊すのが怖いなら、その力を守る方に使ってみてはどうだって」

「あの老人も、ディーナ帝国に反感を？」

「少なくとも、お父様が変わってしまったことを嘆いている一人ではあったわ。あの人は昔の穏やかだった頃のディーナを愛していた。私と同じように。そして、私という存在にも敬意を表してくれていた。殺戮機械としてではなく、一人の人間として」

「それで、グレイソヴリンとセクレタリアトを持ち逃げする計画を立てたってわけか」

「乗ってみてわかったでしょう？　あの二機は、世界のバランスさえ変えてしまう力を持つわ。もし、私以外に操縦できる人間がディーナに現れたら、他の国はもう太刀打ちできなくなる。これ以上、ディーナが破壊の国として発展していくのを、見ていられなくなったの。祖国故《ゆえ》に、変わりゆく祖国を、止めたくなった」

「それで、あんな無茶な計画を実行に移した」

「もう一組、必要だったの。セクレタリアトだけでなく、グレイソヴリンをディーナから奪ってくれる、私に勝てるくらい優秀な魔空士が。最初に狙いを立てたのは空賊だった。彼らなら、国という枠《わく》にとらわれることはないと思って」

「そこに俺たちが現れてしまったわけだ」

「奇跡だと思ってるわ。アミンもミーリアも強くて、そして義理堅かった。グレイソヴリンを託せる、もしかしたら世界でただ一組の魔空士なのかもしれない」

「買いかぶるな」

「本心だけどね。とにかく、計画はギリギリで上手くいった。ディーナから二機の魔空艇を奪って脱出して、キーライラを守る。アミンたちには、本当に感謝してる。貴方たちは英雄よ」

「英雄ね。裏を返せばただの殺人鬼だがな」

「……そうね。ディーナ側からすれば、憎き戦犯。そういう立場にさせてしまった罪は、私にある。だから同時に、心から申し訳なくも思っている」

「気にするな。もともとディーナ帝国とは仲良しこよしの関係じゃない。……同じくらい、キーライラ王国に対しても無感情だが」

「……被害国だからって、正義があるわけじゃない。それは私もわかっている」

「そもそも正義ってなんだ。立場が変われば入れ替わるものじゃないのか。サーシャ、すまないが、お前もまた正義のヒロインだなんて俺は思わないよ」

「わかってる。結局私は、殺戮機械として生きる道を選んでいる。ただ祖国を選ばずに、キーライラを選んだ。それだけのこと」

「わかっているなら、引き留めるのは諦めてくれ。ディーナ帝国の不遜《ふそん》さを憎む気持ちは、理解できなくもない。それでもやっぱり、俺たちには戦う理由がもうない」

言葉なく、サーシャはこくりと一つ頷きだけを返した。

「それじゃあ、お休み。明日早くに出発する」

これ以上交わすべき言葉はないと悟り、アミンは踵《きびす》を返す。

「お休みなさい。……さようなら、アミン」

「じゃあな。お達者で」

「……アミン！」

バルコニーから出ようとした瞬間、サーシャから強く呼び止められた。

「まだ、何か？」

「ええとね……楽しかった」

「は？」

「貴方たちと、ディーナを目指した旅。あの時だけは楽しかったわ。初めて、人間として生きられた時間だったような気がする」

「……俺も」

楽しかった。そう言いかけて、口を噤むアミン。それはきっと、別れに相応《ふさわ》しい言葉にならないだろう。

「……俺もミーリアも、いつもあんな感じだ。羨ましいなら、お前も何もかも捨てちまえば良いんだ」

「それは、できない」

「そうか。そうだろうな」

サーシャという人間は、責任というしがらみから自らを解き放つ術を知らないのだろう。気高く生まれてしまったから、何かを背負わずにはいられない。

「おやすみ、サーシャ」

言い残し、バルコニーの扉を閉めるアミン。

貴賓室に戻り、灯りを落とす。布団に潜《もぐ》りこむと、ミーリアが腕に絡みついてきた。

「何してたの?」

「…………ガキのケンカ、かな」

「負けたの?」

「なぜ?」

「なんかアミン、スッキリしてない顔してる」

「……気のせいだ。明日早いぞ、早く寝ろ」

「はーい。おやす〜」

言うが早いか、寝息を立て始めるミーリア。

アミンも天井を向いて目を瞑《つむ》る。しかし、なかなか眠気はやってきてくれなかった。

ひとつだけ、サーシャに嘘を吐いてしまったせいかもしれない。

＊

生まれ故郷の村人に取り押さえられながら、十五歳のアミンは叫ぶ。

「ミーリア、ミーリアっ！」

「アミン、たすけてよ～っ！」

ディーナ帝国兵に抱きかかえられたミーリアもまた、大粒の涙を流しながらアミンの名を呼び続ける。

「諦めるんだ、アミン……！」

「ミーリアの魔力が、強すぎた。ただ、それだけなんだ……」

エーテルキャット狩り。そう恐れられる魔の手が、アミンの育った小さな村にも伸びてきた。

そしてミーリアが捕まった。帝国の魔空艇を動かすための動力源として。

「こんにゃろ～っ！」

「いてっ、こ、このクソガキ！」

ミーリアが暴れると、その小さな身体を抱えていた帝国兵は怒りに燃え、ミーリアを地面に叩きつけた。

「んぐっ！」

短く悲鳴を上げるミーリア。その周りを帝国兵たちは囲み、よってたかって蹴りを加える。

「立場をわきまえろ、猫ふぜいが！」

「今のうちから教育しておいてやる！」

「…………っ」

何度も全力で蹴られ、ミーリアの顔が、身体が血と腫れ傷で染まっていく。

「……離せ！」

「うっ!? だ、ダメだアミン……！」

たまらず、自分を羽交《はが》いじめにしていた村人に肘鉄《ひじてつ》を食らわせ、アミンは拘束《こうそく》から逃れた。

一目散に駆け出すと同時、腰に潜めていたナイフを抜き出す。

「な、このガキっ……！」

アミンは迷わず、帝国兵にそのナイフを突き立てた。相手が子どもだと思って油断していたのもあったのだろうか。ミーリアを虐待していたその兵は、くの字に腰を折って倒れる。

「ミーリア！」

歳は離れているが、幼なじみのような存在である少女を救い出し、その手にかけられた枷を外してやるアミン。これがなければ、ミーリアはいつものように魔法を発動することができるはずだ。

「貴様っ！」

ミーリアを取り囲んでいた兵たちが、アミンに向けて抜刀した。しかし、アミンの心に怖れはない。

「やっちまえ、ミーリア！」

「うんっ！」

叫んだ瞬間、ミーリアの両手から魔力が爆ぜた。激しい電流に貫かれ、バタリバタリと兵たちは焼け焦げ倒れていく。

「アミン、怖かったよぉ！」

アミンに、ミーリアが抱きついてくる。

「もう、大丈夫だ」

その頭を、アミンはぽんぽんと撫でてやった。

「なんということを……」

喜び合うアミンとミーリアとは裏腹に、村人たちは青ざめていた。帝国兵に歯向かった。その事実は十五歳のアミンたちが想像するよりもずっと重い。

報復は、すぐに訪れた。

何日か経ったあと、二機の魔空艇がアミンたちの村目がけて飛んできた。帝国に楯突いた見せしめとして、村を焼くつもりだ。

「ミーリア、準備は良いか？」

「うん、大丈夫。あたしたちの故郷を、帝国のヤツらに壊させるもんか」

必ずこうなると村人たちから聞かされたアミンとミーリアは、密かに準備をしていた。先攻隊だった兵が残していった魔空艇に乗りこみ、この日に備え操縦の練習をしていたのだ。

「発進！」

「りょーかいっ！」

アミンとミーリアは空に飛び立ち、迫りくる二機の艇目がけ突入する。

戦力は歴然だった。操縦桿を握って間もないアミンと、たった九歳の幼女を乗せた魔空艇が、敵の二艇を圧倒した。

それほどまでにアミンには魔空士として、ミーリアにはエーテルキャットとして、天性の才があった。

「——本当に、このまま旅立つのかい？」

「うん。みんなといっしょにいたら迷惑がかかるから」

魔空艇を撃墜して戻ってきたアミンとミーリアは、村人たちに別れを告げる。

「すまない、大人が子どもを守ってやれないなんて、な」

「ううん。こっちこそ、ごめん。みんなにこの村を捨てさせることになって。そうしないと、きっとまたヤツらは村を焼きに来るから……」

話し合いの結果、アミンたちは全員ちりぢりに村を捨てる覚悟を決めた。その事実に、アミンは申し訳なさと感謝を同時に覚える。

結局村人たちは、アミンとミーリアを帝国に引き渡さない道を選んでくれたのだから。

「それじゃ、そろそろ行くよ」

「達者でな、アミン、ミーリア」

再び魔空艇で飛び立つ、アミンとミーリア。

「ミーリア、寂しくないか」

「寂しくないよ。アミンといっしょだもん！」

「そっか。ならよかった」

「ほんで、これからどこ行くの」

「わからない。けどとりあえず、仕事を探さないと。この魔空艇使って、なんかできないかな？」

「きっとできるよ！　アミンとあたしのコンビはさいきょーだもん！」

「ははっ、そだな。ミーリアと二人なら、生きてくのには困らないか」

「そうだよ。生きてくなんて、二人でじゅーぶんさ！」

＊

「――ミン、アミン！」

「…………ん」

目を開くと、絢爛《けんらん》たる天井がうすぼんやりと見えた。

ここは、キーライラ王国の貴賓室。前日の記憶をたぐり寄せ、アミンはようやく我に返る。

「どしたの、うなされていたみたいだけど？」

「夢を見ていた」

「へー、どんな？」

「……忘れた」

「うそつけ。どーせすっごいエロいヤツとかでしょ」

「そうだったかな」

「むー。アミンのヘンタイ！　ほら、さっさとごはん食べに行こうよ～！」

「いや、もう出発する」

「え～なんで！　あたしらの大活躍でこの国守ったんだからごはんくらいご馳走になってもいいじゃんか！」

「……国のしがらみにかかわるとロクなことにならないんだよ。これ以上長居しない方がいい」

騒ぐミーリアを無視して出国の準備を整えるアミン。靴を履き終えたころ、サーシャが部屋にやってきた。

「おはよう、アミン、ミーリア。朝食の準備ができたそうよ」

「いや、いらない。もう行くよ」

「……そう」

「ぶーぶー」

ぐずるミーリアの身だしなみを無理矢理整え、部屋から出たアミンたちは、その足で発着場に向かう。

「アミン殿」

いざ魔空艇に乗りこもうとしたとき、後ろから声をかけられた。振り返ると、キーライラ王、大臣、そしてサーシャの姿が。

「この度は本当に世話になった。願わくば、キーライラの民としてそなたたちを迎えたいと思うのだが」

王が直々に頭を下げ、アミンに請《こ》う。それはきっと、この上なく名誉なことなのだろう。

「ありがたいお言葉ですが、祖国は持たないと決めているんです」

「そうか。残念だ」

「それでは、失礼します」

「アミン、ミーリア……」

後ろ髪引かれるような顔で、サーシャが二人の名を呼ぶ。

「じゃあな、サーシャ」

「……ええ。さようなら、アミン」

最後の別れを交わし、アミンとミーリアは魔空艇を動かす。

「出発だ、ミーリア」

「へいへーい」

未だ不機嫌なエーテルキャットの雑な魔力供給のせいで、艇の挙動は乱暴だった。

Sarsha

CHARACTER PROFILE

サーシャ ―― 身長160cm

ディーナ帝国の第三王女。抜群の魔空艇操縦技術と、年齢らしからぬ魔力を持つ。

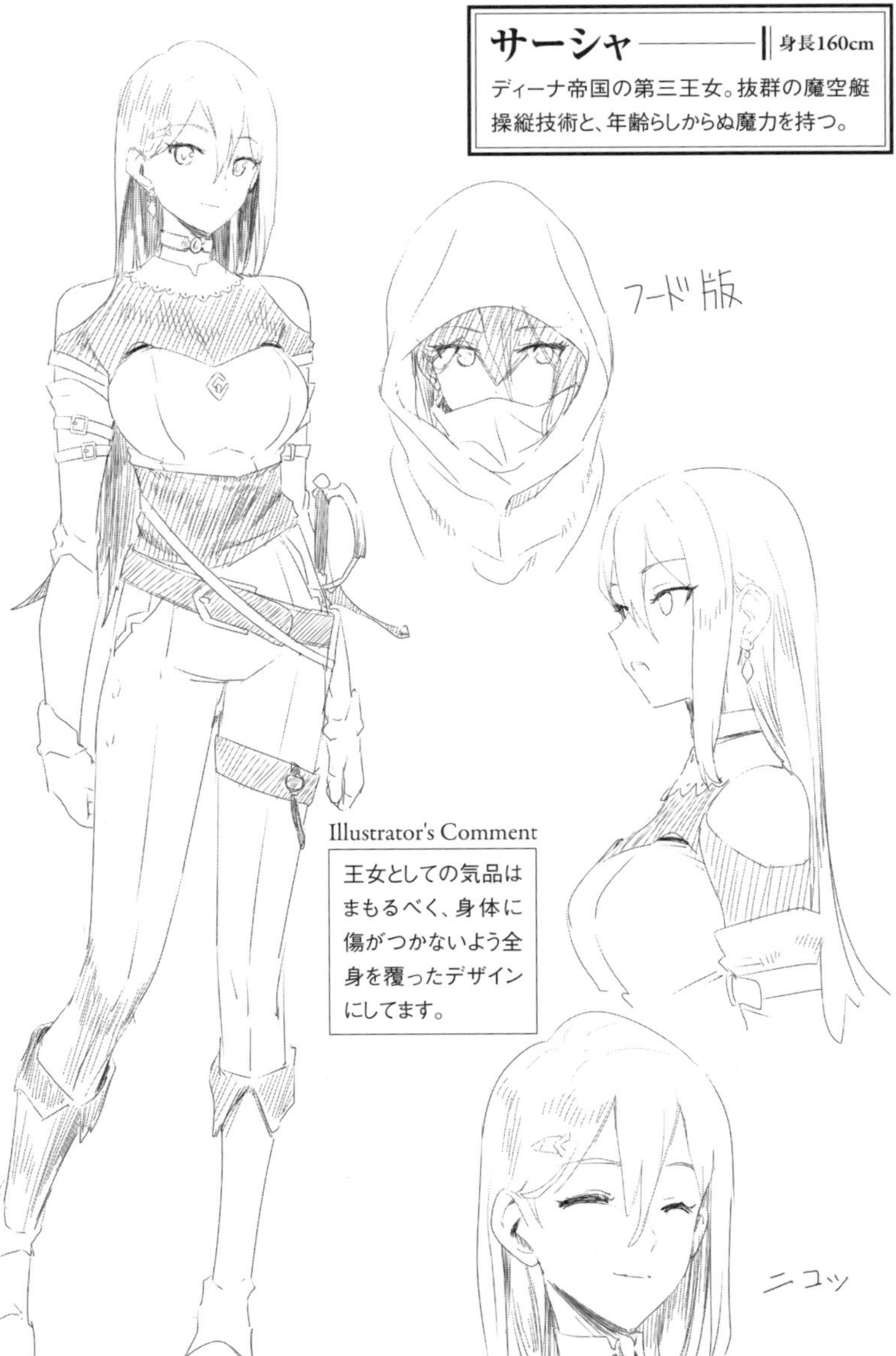

Illustrator's Comment

王女としての気品はまもるべく、身体に傷がつかないよう全身を覆ったデザインにしてます。

第四章

chapter:4

「あ～お腹空いたな～」

イヤミたっぷりにミーリアが文句を漏らす。

「わかったわかった。メシ食いに行こう」

「どこに？」

「俺たちを迎えてくれる場所なんてひとつしかないだろ」

「ま、わかってたけどね。何頼んでも良い？」

「特別だ。好きにしろ」

「やった！　しゅっぱつしんこ～！」

すぐさま機嫌を戻し魔導器に力をこめるミーリア。現金なものだとアミンは苦笑するしかなかった。

操縦桿を動かし、北西に進路を取る。向かう先は空賊たちの根城。ディーナ領だが、位置的にはキーライラの首都の方が近い。ここからなら数十分もあれば着いてしまう。

短い飛行を終え、岩礁地帯の間にある入江に着陸するアミンたち。すると空賊や、そのエーテルキャットの少女たちがぞろぞろと艇渠に集まってきた。中には物々しい表情をした者も少なくない。

「あれ、なんかみんな怒ってない？」

「忘れてた。艇が違うもんな」

グレイソヴリンでここを訪れるのは初めてだ。警戒心を抱かれても仕方のないことだろう。

早く安心させてやるべく、顔を出して手を振るアミンたち。

「……おお、アミンじゃやないか！」

「ミーリア！　なんだ～びっくりしたよ～。なにこの艇」

顔を見せると、空賊たちの緊張が一気に解《ほぐ》れた。

「やあやあみんな、元気にしてたかね」

艇から飛び降り、歓迎に応えるミーリア。年の近いエーテルキャットたちは、見たこともない艇にご執心のようだった。

「びっくりさせてすまなかった」

アミンも操縦席から出て、大人たちを中心に挨拶する。

「よかった。生きてたんだな」

「バックパサーと『赤い亡霊』の残骸を見つけたんだ。それで、いったいどうなっちまったのかと――」

「相討ちに近かったが、なんとか命は助かったよ」

「やっぱりアミンはすごいね！　ねえねえ、お話聞かせてよ～」

エーテルキャットの一人が、アミンの傍に駆け寄ってくる。そこに割り入って胸を張るミーリア。

「おっと、お話ならこのミーリア様がたっぷりしてやるぜ」

「え～、いいよ。ミーリアすぐ話を大盛りにするもん」

「なんだと～！」

ミーリアが怒るのを見て、大人たちはどっと笑い声を上げた。以前と何ら変わりない、気っぷの良い空賊たち。アミンはほんのりと居心地の良さを思い出していた。

「アミン！」

名を呼ばれ振り向くと、褐色の肌をした女性が肩で息をしながら輪の中に加わってきた。

「ロライマ。すまん、帰りが遅くなった」

「遅いなんてもんじゃないよ、まったく」

腰に手を当て、ため息交じりに笑うロライマ。アミンはその肩をポンと叩く。

「一応、依頼はこなした。『赤い亡霊』はもう出ない」

「ああ、ありがとう。本当に助かるよ。約束通り、お礼ははずむ」

「ならまず、ミーリアにメシを食わせてやってくれないか。腹ぺこだって煩いんだ」

「お安い御用だね。今日は昼から宴会といこう」

ロライマが宣言すると、空賊たちからも歓声が上がる。騒がしいことになりそうだと、苦笑するアミンだった。

＊

「あーミーリアめ！　それボクが取っておいていたお肉！」

「へへーん、早い者勝ちだよん！」

案の定、宴は盛大なものになった。ミーリアが相変わらずリゼと小競り合いを起こす中、早くも酔い潰れた空賊の身体があちこちに横たわっている。

「……しかし、すごいねあの艇。中まで見させてもらったけどわけがわからない部品でいっぱいだった。どうやって手に入れた？」

ロライマに訊かれ、言葉に窮《きゅう》するアミン。

「ちょっと複雑な事情で、な」

サーシャとの出会いと短い旅路、そしてキーライラでの攻防。全て絵空事《えそらごと》のような出来事だったので、話しても信じてもらえるかどうか。

「ま、人の詮索はしないのが空賊の流儀だからね。アミンが話したくないなら別にいいさ。……それより、聞いてる？　ディーナがキーライラを奇襲したって話」

「…………ああ、一応」

一応も何も当事者だったのだが、アミンは素っ気ないそぶりで聞き流す。

「ヴィブロとはいつおっぱじめてもおかしくない雰囲気だったけど、まさかキーライラを狙うとは。義理も何もあったもんじゃないね」

「国同士なんてそんなもんだろ」

「そんなもんかね。つっても、ウチら空賊にとっちゃあどこがどことやり合おうが関係のない話だけど」

　ロライマがビールの入ったジョッキを傾ける。

　その時だった。宴会場となっている酒場の入り口が勢いよく開かれ、空賊の男が飛び込んできた。

「おい、大変だ！　大ニュースだぜ！」

　喧噪に包まれていた酒場が、一瞬その男の声を合図に沈黙する。

「なんだよ。いきなりうるせえな」

「大ニュースだ？」

　やがて空賊たちの視線は、その男に集中していった。

「ディーナがキーライラに宣戦布告した！　やつら、今度こそ本気でキーライラを侵略するつもりだ！」

「…………」

　アミンは言葉を挟まない。遅かれ早かれそうなることはわかっていたのだから。

「ディーナとキーライラじゃ国力が違いすぎるだろ。一瞬でカタがついて終わりだな」

「それが、そうとも言えねえ。宣戦布告を受けて、ヴィブロも動いた。キーライラとの同盟軍で、ディーナを迎え討つって話だ」

どよ、と酒場が揺れる。ネイア海を囲む三国が真っ正面からぶつかるという事態は、いくら空賊たちにとはいえまるっきり他人事《ひとごと》では流せないのだろう。

「時代が動く、か」

ロライマがぽつりと漏らした。

「空賊稼業には関係のない話じゃなかったのか？」

「長い目で見ればそうだと思うけど、ネイア海が火の海になるようじゃあしばらく商売はやりづらくなるかもね。……それより、アミン。問題なのはそっちじゃないのかい？」

「問題って？」

「キーライラが戦地になるんだ。『逃がし屋』稼業にとっちゃあ大打撃だろう。なんせこの辺で人を逃がす国がなくなるんだから」

「…………かもな」

どこか他人事のように答えるアミン。ロライマはしばらくジョッキに残ったビールを見つめていたが、意を決したようにそれを一気に飲み干した。

「なあ、アミン。良い機会だ。ウチらの仲間にならないか？」

「空賊になれって言うのか？　前にも断ったはずだ」

「略奪は趣味に合わないかい？」

「そういうことじゃない。……面倒なんだよ。何かに属して生きるのは」

「じゃあどうやって日銭を稼ぐ？」

「ゆっくり考えるよ」

アミンは立ち上がってロライマに手を振る。

「ミーリア、行くぞ」

「んえ、どこへ？」

「……寝る」

「ぐうたらだな。ま、お腹いっぱいになったからいーけど」

歩きだしたアミンの後ろを、素直についてくるミーリア。

酒場の外に出ると、ミーリアはさっとアミンの前に立ち、目を輝かせた。

「へっへっへ、ダンナ。魔力ならカンペキに回復してますぜ」

「そりゃ、あんだけ食えばな」

「行くんでしょ？」

「どこへ？」

「もちろん、キーライラ」

「なんでだ。言ったろ、寝るって」

「……なんて素直じゃないヤツだ」

「素直だよ、自分の欲望に」

「嘘だね。今すぐキーライラに助太刀したいって顔に書いてあるもん。キーライラ、滅ぼされちゃうよ。いいのそれで？」

「サーシャがいるだろ。それにヴィブロ軍も加わるって話ならそう簡単には負けないさ」

「ヴィブロなんてあてになるか分かんないじゃん。サーシャ一人ががんばっても、魔力尽きちゃったら終わりだし」

「……お前は戦争に加わりたいのか？」

「加わりたいっていうか、気になるじゃん。あのまま中途半端にほっぽりだすのって、なんか気持ち悪い。アミンは最後まで見届けたい気持ちないわけ？」

「国同士の争いなんて知ったこっちゃない」

「そーじゃないでしょ。サーシャのこと、気にならないの？」

「…………………」

「ほら、やっぱ気になるんじゃん。浮気者」

「お前は俺にどうあってほしいんだ」

「素直に生きて欲しい。アミンにやりたいことがあるなら、やって欲しい。それに、あたしはついていくよ。一緒に艇に乗った時から、そう決めてるもん」

いつの間にか、ミーリアの瞳は真剣な色で満ちていた。予想していなかった態度に、少し戸惑うアミン。

「百歩譲って気になるとしても、俺が助太刀に向かう義理がない。自分から貸しを作りに行くのは、計算が合わない。全面戦争だ。見返りなんて期待できない」

「あーもう、ほんと、こころから、めんどくさいやつ！」

ミーリアが天を仰いで嘆く。しかし、何と言われようとアミンは理由なき行動を取る意志などなかった。

「宿に行くぞ」

「……へいへい。せいぜい惰眠《だみん》を貪《むさぼ》るがいいですよーだ」

説得を諦めてくれたのか、横並びで歩きだすミーリア。

常宿に着き、金貨を払って部屋を借りる。見慣れた簡素な寝床にアミンはごろりと横になった。不機嫌を露わにしつつ、ミーリアもいつものように懐に潜りこんでくる。

目を瞑る。が、眠気はなかった。

サーシャの顔が脳裏に浮かぶ。それを無理矢理掻き消そうとするアミン。

「にしてもいろいろあったね、ここ数日」

「まあな」

ミーリアに生返事を返した途端、アミンはまたサーシャのことを思い出してしまう。

出会いからして痛烈だった。激しい戦闘を繰り広げた後、サーシャが一人きりで艇から降りてきた時の衝撃たるや。

そして、代わりの艇を渡すという奇っ怪な提案。思えばよく素直についていったものだ。あの岩山からは、ディーナの帝都を目指すより他にあてがなかったとはいえ。

「そういや、木こりの男には世話になったきりだな。後でお礼に行かないと」

「あたしが熱出した時の話？　あの時はごめんね」

「別にいいさ。俺が水浴びさせたのもまずかった」

「……木こりにはお礼に行くのに、サーシャにはもう会わないの？」

「だから、サーシャとの関係はチャラだろう。艇を壊されて、代わりをもらった。奇襲のとき加担したのも、牢屋から出してもらった借りがあったからだ。あとはもう、何も……」

「アミン？」

ふと、アミンの記憶にぼんやりと靄《もや》がかかる。サーシャの世話になったのは、はたして本当にそれだけだったろうか。

何か一つ、忘れているような気がする。

共に旅をすることになって、ミーリアが熱を出して、そして——。

「……リンゴ」

「へ?」

「リンゴ。もらったよな、サーシャから」

「もらったね、美味《おい》しかった」

「もらいっぱなし、だよな」

そう呟くと、ミーリアが突然大笑いをはじめた。

「あはは、もらいっぱなしだね〜。さーどうします、貸し借りナシ主義のアミンさん」

「主義なんてないって言ってるだろ。あるのは」

「打算、だったっけ。じゃあま、良いんじゃない? リンゴ一個のために戦争に向かうなんて、割に合わないでしょ」

「なにニヤニヤしてるんだよ」

「べつに。アミンがどうするのか興味津々《きょうみしんしん》なだけ」

腹立たしい。アミンの答えを予期しているであろうミーリアに対してではない。

こんな下らない理由づけをしてまで、感情的になることを押し殺せない自分自身が腹立たしかった。

「リンゴ一個なんて些細なものだ。けど、借りは借り。その借りを返す前に、サーシャに死なれたら敵《かな》わない」

「うんうん、わかってるよアミンくん」

「何がだ」

「冷たい男になんて、アミンはなりきれないよ。根があったかいもん」

「心外だ」

「さて、そんじゃ行きますか～。いいよもう何も言わなくて。あたしは魔空士アミンの翼、どこへだって、連れていってあげる」

「…………くそ」

ベットから跳ね起きるアミン。自分の格好悪さで、顔から火が出そうだった。

だがいっぽうで、いつの間にか胸からつかえが取れたような気分になっていた。

「リンゴに感謝だな」

「そだね、お礼しに行こう」

身仕度を終え、宿を出る。するとロライマがいた。

「おや、お出かけかい？」

「ああ、ちょっと忘れ物があって。ロライマこそどうした。俺たちに何か用か？」

「あーいや……」

珍しく口ごもるロライマ。

「その、なんだ。気を悪くしたなら悪かったなって」

「俺がか？　なんでだ？」

「空賊に誘ったこと。わかってたんだけどさ。アミンはそういうのに興味ないって」

「そのことならいらん心配だ。……嬉しかったよ。ロライマが仲間として認めてくれたって事実は」

「そうかい。なら、よかった」

「そんじゃ、ちょっとひとっ飛びしてくる」

ロライマに手を振り、アミンは艇渠に向けて歩きだす。

「アミン！　またいつでも寄りに来てよね。今まで通り」

その背に向けて、ロライマがどことなく切迫した声で叫んだ。

「はは、何を心配してるんだ。ありがたくそうさせてもらうよ」

「うん。いってらっしゃいアミン」

「ああ。またな、ロライマ」

手を振り、ロライマと別れる。しばらくして、ミーリアが横肘でちょんちょんとアミンのわき腹をつついてきた。

「モテ男」

「は？　どこがだ」

「ニブ助」

「どうしてそうなる」

「はぁ。もういい。あたしにとっちゃその方がおトクだし」

「…………?」

「ほら、さっさと行こー」

なぜか怒り気味に駆けだすミーリア。わけもわからず、アミンはその後を追うのだった。

*

『不審艇に告ぐ！　国籍と目的を答えろ！』

キーライラの首都上空までやってくると、巡回艇から厳しい口調で詰問が飛んできた。

「おいおい、不審艇だってさ」

「まったく失礼しちゃうね」

肩をすくめ合うアミンとミーリア。戦争を控えピリピリしているのはわかるが、この機体の姿形くらいは記憶に留めておいて欲しいものだ。

実際のところは、戦闘を目撃していない魔空士が罵《ののし》ってきているのだろうが。

「えー、こちらアミンとミーリア。王様にそう伝えて」

『王にだと!?　なんと身の程知らずな……！』

「いいから早くしてくれ。あんたのクビがすっ飛ぶ前にな。アミンとミーリアだ。そう言えば伝わる」

『……っ。照会する。しばらくそこで待て』

こちらの肝の据《す》わった応答に気圧されたのか、ようやく巡回艇の魔空士は本部と連絡をとってくれる。

待つこと数分。先ほどとはまるっきり態度の違う通信がアミンたちの許に届いた。

『こ、この度は大変失礼をいたしました！　発着場までご案内しますのでついてきて下さいませ！』

「はいはい、それでいーの」

頭の後ろで腕を組み、鼻を鳴らすミーリア。不遜な態度を取らせたら天下一品だなとアミンは思う。

『このままご着陸下さい！』

「了解。着陸する」

王宮そばの発着場に案内され、静かに艇を下ろすアミンたち。

「アミン！　ミーリア！」

艇を降りると、真っ先に顔を見せこちらに駆け寄ってきてくれる影が。サーシャだった。

「来てくれたのね……！　嬉しい、本当に……！」

感極まった様子で、アミンの両手をぎゅっと握るサーシャ。顔が近い。アミンは図らずも照れを感じてさっと目を逸らす。

「返し忘れた借りがあることを思い出しただけだ」

「借り？」

「リンゴのお礼で国を救いに来たんだとさ。ちょうっ！」

ジャンプして、アミンとサーシャの繋がれた手にチョップを食らわせ引き剝がすミーリア。

「……リンゴ？」

「サーシャ、感謝する相手間違ってるよ。あたしが熱出さなきゃアミンはここに来なかったんだからね」

「そ、そうなのアミン？」

「そうなる……かもしれない」

「よくわからないけど、ミーリアもありがとう。一緒に戦ってくれるのよね？」

「でなきゃこんなとこ来ないし。……帝国のヤツらが偉そうにしているのも、いい加減見飽きたしね」

やはり、と思い直すアミン。ミーリアが意外なほど加担に乗り気なのは、ディーナ帝国に対する恨みも含めてのものなのだろう。

あの日——アミンとミーリアが魔空士となったきっかけに関して、二人の間で話すことはほぼない。お互い思い出して良い気分になる出来事ではないからだ。

それでも、ディーナ帝国に対する反感は心の奥底に根づいている。その点に関しては、アミンもまた同じだった。サーシャには嘘を吐いたが。

「アミン殿。ミーリア殿」

サーシャに少し遅れて、キーライラ王もわざわざ出迎えに来てくれた。それだけの厚遇を受けているということなのだろうと、アミンは他人事のように思う。

「やー王様。元気してた?」

「ミーリア、お前な……」

相変わらず目上の人間に対する口の利き方を知らないミーリアを見て、アミンは自分の教育不足を嘆いた。

「おかげさまで、今のところは、な。来てくれて嬉しいぞ。そなたたちに戦いに加わってもらえるというなら、これほど心強いことはない」

キーライラ王が温厚な人で本当によかったと胸をなで下ろすアミン。

「陛下、状況はいかがですか? ヴィブロ王国から援軍が駆けつけてくれると聞きましたが」

「うむ。ヴィブロからの助けは得られそうだ。が……」

どこか歯にものが引っかかったような口調のキーライラ王。

「どうかなされましたか?」

「アミン、今ちょうど合同作戦会議が開かれてるの。あなたも出席してくれない?」

サーシャの提案に、面倒だと言いかけたアミンだったが、考え直して呑みこむ。初めて経験する大規模な戦争だ。どう立ち回るべきかは頭に入れて置いた方がいいだろう。それに、キーライラ王の困惑も気になる。

「わかった。王様が許してくれるなら」

「許すも何も、そなたたちは我が国を救ってくれた英雄だ。ぜひ、戦いに備え万全を期して欲しい」

「決定ね、よろしく」

再びサーシャが右手を差しだしてきた。軽く握りかえし、同意の意を示す。

「会議場まで案内しよう。ついてくるがよい」

王の導きで、城内に入るアミンとミーリア。城の中は以前にも増して刺々《とげとげ》しい空気で満ちていた。初めて訪れた時に感じた温かさは、もうどこにも漂《ただよ》っていない。

「ここだ」

大扉の前に立つと、兵士が王とサーシャ、アミンとミーリアの四人を導いてくれる。

中には巨大な円卓が置かれ、席は半分ほど埋まっていた。知った顔は大臣だけで、あとは見たことのない人物たちだ。

おそらくはキーライラの魔空士長や作戦隊長、それに――。

「キーライラ王よ、お待ちしておりました。さっそく会議の続きを始めましょう」

一人の男が立ち上がり、こちらに近づいてきた。青地の兵装。そして、胸に輝く紋章はキーライラのものではない。

「ミラッカ殿、時間を取らせ申し訳なかった」

「なに、構いませんよ。……おや、こちらの二人は？」

ミラッカと呼ばれたその男は、アミンとミーリアに訝しむような視線を向けてきた。背が高く、筋骨隆々。威圧感を無遠慮に振り撒く種類の人間だった。

「アミン殿とミーリア殿。サーシャと共に、我が国の要《かなめ》となる魔空士たちだ。作戦会議にも、ぜひ参加してもらうべきだと思って連れてきた」

その言い方だとまるでアミンたちがキーライラの兵のようではないかと思うアミンではあったが、話をこじれさせるのも時間の無駄なので素直に傅いておく。

「お初にお目にかかります」

「魔空士。ずいぶんと若い、若すぎるようだが」

「実力は折り紙つきだ」

「ふむ。王がそうおっしゃるのならばそうなのでしょう。私はヴィブロの魔空士長、ミラッカだ。キーライラ防衛のために駆けつけさせてもらった」

品定めするような視線と共に、ミラッカはアミンに右手を差しだす。一応の礼儀として握りかえしておくが、なんとなくいけすかなさを第一印象で覚えるアミン。

「それでは席に着きたまえ」

それは、まるでこの場を仕切っているのは自分だと言わんばかりの横柄《おうへい》な態度からも深く感じ取れた。

「……あたしは無視かよ」

「握手したかったか？」

「まさか」

「んじゃ、黙ってな」

ミーリアのことは目にも入れず勝手に戻っていったミラッカ。普段エーテルキャットをどう扱っているのか、その態度だけで伝わってしまう。

なるほど、王とサーシャが曇った態度を示していたのは、この男が原因か。

「それでは、話の続きだ。失礼ながら何度も言うように、キーライラ軍の規模は小さすぎる。ディーナから総攻撃を受けたとなると、ひとたまりもないでしょうな」

「確かに数では圧倒的に負けているが、こちらには――」

「そこで、前線はわれわれヴィブロ王国の精鋭部隊にお任せ頂きたい。キーライラ軍は主に街の防衛に当たってもらう。それでいかがだろうか？」

王の意見すらも遮《さえぎ》り、提案するミラッカ。辺りから戸惑いとも憤りとも取れるため息がいくつも漏れ聞こえた。

「我が国のために尽力してくれるというのは、有り難い話ではある。しかし、それではヴィブロ軍の被害が必要以上にかさむのではないか」

「心配には及びません。ヴィブロ軍はかねてよりディーナとの全面戦争を想定し拡張を続けてきた。数でも機体の性能でも、ディーナに劣ることはないでしょう」

実際、ヴィブロの軍備が整っているのは空賊連中からも聞いている。だとしても、キーライラの人間にとって面白い話ではないだろう。祖国の危機に、お前たちは後方で待機していろと言われているようなものなのだから。

それに、アミン自身をさておくとしてもキーライラにはサーシャがいる。サーシャを前線に送り出さないという選択は、無駄な戦力温存と言うほかはない。

「我々キーライラも、命を賭《と》しディーナと戦う覚悟ができております。有り難い申し出ではあるが、前線を他国に頼るというのは……」

意見したのはキーライラの兵長と思《おぼ》しき男だった。しかし、ミラッカはゆっくりと首を横に振る。

「戦闘まで時間がありませぬ。魔空士隊は連携が命。合同訓練もしたことがない軍同士が共に前線に躍り出ては、かえって統制を乱すだけというもの。祖国を思うのであれば、なおさらご理解を示して頂きたい」

頑なミラッカの態度に、キーライラ陣営は次第に言葉を失っていく。

「大変差し出がましいとは存じますが、私とアミン、二機の魔空艇だけでも前線で戦わせて頂けませんか？」

せめてもの願いとサーシャが発言するが、ミラッカから返ってきたのは呆れとも取れる苦笑いだった。

「たった二機で何をするおつもりで。同じことを何度も言わせないで頂きたい。我が国の魔空士隊の連携は完璧です。はっきり申し上げましょう、それを乱す存在は、たとえ二機だけといえども足手まといになる」

「…………」

サーシャも黙るしかなくなった。隣では、ミーリアがいらつきを前面に出し舌打ちを繰り返している。それでもよく我慢している方だとアミンは感じる。ミーリアでさえ、このミラッカという男には何を言っても無駄なのだと諦めざるを得ないようだ。

「他にご意見は？　ないようなら会議は終わりにいたしましょう。なに、心配なされるな。間もなく我が軍がこちらに到着いたします。その勇姿を目に入れられれば、この国の未来は安泰だと悟って頂けることでしょう」

一方的に発言を続けていたミラッカが立ち上がり、胸を張って部屋から出ていく。後に残されたキーライラの首脳陣が漂わせる忌々《いまいま》しさが、部屋の空気をどんよりと重く曇らせた。

＊

「なんなの？　バカなのあいつ？」

サーシャから場所を変えようと提案され、アミンとミーリアは貴賓室に移動した。三人になった途端、今まで吐き出せなかった不満を爆発させたミーリアがベッドに回し蹴りを叩きこむ。

「逆よ、狡猾《こうかつ》なの」

「どういう意味だ？」

「政治のしがらみってやつ。ミラッカはキーライラにできるだけ多く恩を売っておきたいのよ」

「……なるほど。ヴィブロが前線を張って、みごとディーナを撃退できたとしたら」

「キーライラはヴィブロに頭が上がらなくなる。そうすれば、今後の国交で圧倒的優位に立てる。不平等な条約を結んだり、人の出入りを大幅に甘くしたり。ヴィブロにとって利になる主張を、簡単に突きつけられるようになる」

「まったく。これだから『国』ってやつは面倒で嫌いなんだ」

「それでも、アミンはこの『国』に戻ってきてくれた。本当に嬉しい」

サーシャの頬がほんのり朱く染まる。アミンも照れくさくなって、唐突に話題を変えた。

「そういや、なんでディーナはわざわざ宣戦布告を？　奇襲じゃキーライラを落としきれないって判断したのか？」

「それもあると思うけど、いちばんの理由はこれまたヴィブロね。奇襲されたことを訴えたら、ヴィブロがディーナに猛抗議してくれたの。それで、ディーナは謝罪か宣戦布告の二択を迫られた」

「で、選んだのは後者と」

「そう。そして、ヴィブロは平和条約に則《のっと》ってこの国に大軍を派遣してくれることになった」

「ずいぶんヴィブロはキーライラ寄りなんだな」

「というより、ディーナとの関係が最悪なのよ。もし、キーライラがディーナの手に落ちたらヴィブロは南の空白地帯を失う。地政上の大きな穴になるわ。逆に言うと、ディーナがヴィブロを直接攻撃する前にキーライラを狙ったのも、ヴィブロという本丸を落とすための布石。南に拠点ができれば、一気に攻略しやすくなるから」

「結局は利己の衝突か」

「ええ。でも、実際問題ヴィブロの助太刀はキーライラにとっても助かる。軍事力の規模が、キーライラとディーナじゃ雲泥《うんでい》の差だから」

「でも、サーシャがいるじゃん。こうしてあたしたちも来た」

ややこしい話に口を噤んでいたミーリアが、ここぞと声を張る。

「ミーリアにそう言ってもらえるのは自信になる。けど、攻撃と防御両方を単独で担うことはしかないと思う」

難しい。相手の数の問題もあるわ。大軍を抑えるには、やはりある程度以上の大軍でぶつかる

「その大軍が頼りになるといいんだがな。どうなんだ？　ヴィブロ王国軍の実力ってヤツは」

「はっきりとはわからない。ディーナもヴィブロも兵器開発は極秘裏に進めてきたから。わかるのは、ディーナの軍隊が強力であることくらい。奇襲ではなく本腰を入れてくるとなると、前回とは比べものにならない苦戦を強いられるのは間違いないでしょうね」

「結局、蓋を開けてみなきゃやってやつか」

「そうね。でも、アミンの加勢は間違いなく朗報だわ。グレイソヴリンとセクレタリアト、二機が揃えば劣勢になっても状況をひっくり返せるかもしれない」

「無駄足で終わるならそれもいいさ。結局今、俺たちにできることは」

「待つことだけね、開戦の瞬間を」

「ディーナはいつやってくる？」

「明日。もうあまり時間がない」

「それは何より。城暮らしなんて性に合わないからな」

あくびを噛み殺し、ベッドに横になるアミン。

「くすっ。その割にはすっかり馴染んでるようだけど。……そうだ。ねえ、ミーリア」

「んあ？」

「これを渡しておくわ」

そう言ってサーシャが差し出したのは、キラキラと輝く液体の入った小瓶《こびん》だった。

「なにこれ。魔剤？」

「そう、魔剤。飲めば一気に魔力を回復できる。貴重なものだから使いどころに注意して」

「あたしたち後方待機なんでしょ？　いらなくない？」

「いらなかったらそれはそれで良いこと。でも、もしもの時は」

「わかりましたっと。もらっとくね」

ニヤリとしながら瓶を受け取るミーリア。

「お前、戦闘がこじれれば良いなって思ってないか？」

「まっさかー。平和に解決してくれることが一番ですよう」

「戦争に平和もクソもないだろ」

それなりに言いたいことはわかるが。ヴィブロ軍が、ディーナを撃退してくれればそれはそれでよし。政治上の禍根《かこん》は残りそうだがそちらはアミンの知ったことではない。

「私も使わなくて済むことを祈ってるわ」

サーシャが呟く。その顔は、強い緊張感で満ちていた。

＊

翌朝、アミンたちはキーライラの魔空艇基地に案内される。そこには既に、百機を超える魔空艇が列を成して配備されていた。その大部分が、ヴィブロ王国の紋章を纏った青い機体だ。

「うは～、壮観だね」

額に掌をかざし、感嘆の声を上げるミーリア。確かにこれだけの魔空艇が一堂に会する様子というのは否応なしに威圧感が漂う。あと何時間もしないうちに、同じかそれ以上の数の魔空艇同士が空で覇権を争う。たくさんの命が散る。

これが戦争なのだと、改めて感じさせられる光景だった。

「王よ、安心なされよ。全て我が軍にお任せ下さい」

慇懃無礼に、ミラッカがキーライラ王に対し傅く。腹の中がどうであれ、ディーナに勝利する、という目的は同じ。キーライラ王もうやうやしく頭を下げた。

「改めて、ヴィブロ王国の加勢に感謝する。ミラッカ殿、ご武運を」

「必ずやキーライラを戦火から守ってみせましょう」

敬礼し、待機していたヴィブロ王国の魔空士とエーテルキャットの方を向くミラッカ。

「一同、出撃準備！」

一糸乱れぬ敬礼を返し、各自が艇に向かうヴィブロ軍。その統制の取れた動きは、未だ戦力に懐疑的であるアミンにとっても頼もしさを感じさせるものだった。

魔空艇に命の火が灯り、次々と離陸していく。

「それでは、私も出撃します」

「よろしく頼みましたぞ」

ミラッカも隊長機に向かっていった。王の傍には、アミンとミーリア、そしてサーシャだけが残る。

「俺たちは後方支援すればいいんだな」

「そのことだが、アミン殿よ。……しばらくの間サーシャと共に戦況を見守って欲しい」

「待機ってこと?」

ミーリアが尋ねると王は固い表情で頷いた。

「うむ。防衛は、我らキーライラ軍が全力で務める。そなたたちは、もしもの時のために魔力を蓄えておいて欲しい」

もしもの時。もしも、ヴィブロがディーナに対し劣勢になった時。

「……わかりました。王の命令とあれば」

頷くアミン。王は王で、ヴィブロに対し全幅の信頼までは置き切れていないのだろう。奥の手は残しておきたい。そう言っているのだ。

「アミン、作戦本部に案内するわ」

サーシャが背後の建物を指さす。待機命令に対して動じている様子はなかった。もしかすると、昨日の内に王から指示が下っていたのかもしれない。

あるいは、サーシャ自身の提案か。

このさいどちらでも構わない。アミンは駒としての役割を全《まっと》うするだけだ。そのためにここへ来た。

作戦本部だと伝えられた、大きな砦《とりで》に移動するアミンたち。

中には巨大なホールがあり、正面には白い幕が張られている。魔導機で受信した映像を映すための画面だろう。

画面の前には、横並びで大勢の人が座っていた。そのほとんどが女性だった。

「あの人たちなに?」

「通信士だろう。ミーリアの将来の就職先かもな」

「やだよ。あんな退屈そうな仕事」

エーテルキャットは年齢と共に魔力が衰えるが、全て失われてしまうわけではない。魔空艇を飛ばすには心許《こころもと》なくともこのように違った形で軍事利用される宿命にある。

「敵機影捉えました！　映像でます！」

通信士の一人が叫んだ。ほどなく、空の様子が大写しになる。

逆Ｖ字型に編隊を組む、ディーナ帝国の魔空艇だ。

「数は？」

「魔空艇百機。それと、未確認の大型艦が一機……かなりの大きさです！」

王の問いに答える通信士。数の上では互角――と言いたいところだが、未確認の大型艦という存在がかなり気になる。

「空母艦。ついに実戦投入するのね……」

サーシャが息を呑んだ。

「空母艦？」

「いわば移動基地よ。あそこで魔空艇の魔力補給をしたり、戦力の逐次投入ができる」

「あんなでっかい船どうやって飛ばしてるの？」

「ここの通信士たちと同じ。エーテルキャットではいられなくなった兵を大量に乗せて、並列《へいれつ》的《てき》に魔力供給する……。ずっと研究していたディーナとっておきの技術」

「どことなく厄介そうだな」

未知の存在に、背筋を伸ばすアミン。

「ヴィブロ軍の編隊映します。衝突まで、あと五〇〇！」

画面が二分割され、こちら側の状況も確認できるようになる。横一文字に飛ぶ青い魔空艇の群が、海上をゆっくり進んでいた。

「始まるわね、戦争が」

「ああ。まずは両方のお手並み拝見といこう」

サーシャの隣に立ち、画面を食い入るように見つめるアミン。初動で優勢に立つのは、はたして。

先に動きを見せたのはヴィブロだった。横一列だった編隊が三つに分かれる。三割が左へ、もう三割が右へ旋回。残る四割は中央で長方形の陣形を組み、隊長機の防御網を厚くする。実に統制の取れた、スムーズな動きだ。

「やるじゃんヴィブロ」

ミーリアがひゅうと口笛を吹く。確かに素晴らしい連携だった。あれだけの動きは、よほどの軍事訓練を積んでいないと実現不可能だろう。

「とりあえず、頼りにはなりそうだな」

アミンも腕組みして眼を凝《こ》らす。偉そうにしておいてでくのぼう集団だったらどうしたものか。そんな不安は一瞬で霧散した。

「ディーナも動いた」

身を乗りだすサーシャ。呼応する形でディーナ軍も三方に分散する。ヴィブロの攻撃を正面から受けて立つつもりだ。

「交戦開始！」

通信士が叫ぶが早いか、左翼のヴィブロ軍が魔弾を一斉に発射する。ちりぢりになってそれを躱すディーナ軍。

右翼でも同様にヴィブロ軍が先制攻撃。ディーナの編隊が乱れる。中央は睨み合ったまま動かない。

散開したディーナ軍を追い、ヴィブロの魔空艇は各個撃破に乗りだす。一機が一機の後を追い、照準を定め魔弾を発射。

「着弾！」

おお、とどよめくキーライラの通信士たち。ヴィブロの一機が、ディーナの一機に魔弾を叩きこんだ。シールドに守られ撃墜には至らなかったが、最初の一撃はヴィブロ側が制した。

これを機と見たのかますます攻撃の手を強めるヴィブロ軍。キーライラ領の海上で蜘蛛《くも》の子を散らしたように魔空艇が入り乱れ、あちこちで青白い光が炸裂《さくれつ》する。

「いけるんじゃない、これ？」

喜んでいるような、不満そうな、微妙な表情でアミンの腕に絡みつくミーリア。不満そうなのは自分の出番がない可能性を感じてのものだろう。

事実、戦況はヴィブロ優勢に見えた。ディーナ軍は逃げ惑うばかりで、なかなか反撃のきっかけを摑めていない。空を舞う魔弾は、圧倒的にヴィブロ軍から発射されたものが多かった。

また一つ、ヴィブロの魔空艇がディーナ艇の背後を捉える。辛うじてシールドで防がれてしまったが、速射弾が直撃。ディーナ艇の魔力を削ることに成功した。

「ヴィブロに借りを作ることになるかな」

王がため息を漏らす。嘆きの言葉とは裏腹に、その面持ちからは安堵の色が見てとれた。この先のことはともかく、キーライラに被害が及ばないならそれに越したことはない。そう感じているのだろう。

「……おかしい」

弛緩《しかん》しつつあった空気に水を差すような張り詰めた声で、サーシャが呟いた。

「ディーナの手数が少なすぎる、か？」

「ええ。異常なほどにね」

アミンもまた、違和感を抱いていた。攻めてきているのはディーナ軍のはずなのに、その挙動があまりにも守備的すぎるのだ。

ディーナ軍から、ヴィブロの艇を墜とすという気迫があまりにも感じられない。

また一機、ディーナの艇が魔弾を正面から受ける。機体が大きく揺れるが、シールドに守られ撃墜は免れる。

「やけにシールド厚いな。さすがはディーナのエーテルキャットってわけ？」

鼻を鳴らすミーリア。

「……いえ。ディーナだって、エーテルキャットの質を高めるのには苦労しているわ。一般兵の艇にはそれなりのエーテルキャットしか乗せられない。どの艇も魔力量が飛び抜けているなんてことはありえない」

サーシャがかぶりを振る。

「じゃあ、なんで墜ちないの?」

「シールドに魔力の大半を割いているんだ。だからほとんど撃ってこないし、挙動も鈍い」

「それじゃ、防戦一方じゃん。いつか魔力が尽きて墜とされちゃうよ」

「……墜ちない自信があるとしたら?」

「どういう意味だ? サーシャ」

「ほら、見て」

何度か魔弾を受け、魔力を奪われているであろう一艇が急に素早く旋回し、陣形の中央に戻っていく。そこにはサーシャが空母艦と呼んでいた大船があった。

その真っ平らな上部に着陸するディーナの艇。

「何してる?」

「補給よ。魔剤の投入……いいえ、おそらくはエーテルキャットの乗せ替え」

「…………そういう、ことか」

アミンは敵の作戦を悟る。ということは、戦況は見た目と裏腹に芳《かんば》しくない。大攻勢に出ているかのようなヴィブロ軍だが、その実は敵の掌の上で転がされているに過ぎないことになる。

一度空母艦に着陸した艇が、再び戦場に舞い戻った。しかし、自ら攻撃に打って出ることはしない。ヴィブロ艇を引きつけ、魔弾を撃たせ、それをシールドで防ぐ。さっき見た光景の繰り返しだった。

「なんかじれったいな。これじゃいつまでたっても決着つかないじゃん」

「いいえ。決着は、いずれつく」

頭を掻くミーリアに、サーシャはゆっくりと首を振った。

「どゆこと?」

「ディーナは、ヴィブロ軍の魔力切れを待っているの」

そう、そのための牛歩戦術であり、そのための空母艦投入なのだ。

「このままヴィブロが大攻勢を続けていれば、いずれエーテルキャットの魔力が尽きる。そうなるのを待って一気に叩くつもりなんだ、ディーナは」

通常、魔空艇同士の戦いは短期間で終わる。双方が魔力補給の手段を持たないからだ。

しかし、今回は違う。空母艦という新たな兵器で、ディーナが魔空艇の空中戦を別のステージに引き上げようとしている。

「ヴィブロの方だって回復できるんじゃないの? 魔剤で」

「魔剤の精製はとても特殊な技術がいるうえ、数も貴重。とてもじゃないけど全軍に配備するほどの物量はない」

再びサーシャがかぶりを振る。

「う〜ん。そんじゃ、ディーナが補給に戻った時艇を墜としちゃえばいい。エーテルキャットを乗せ替えているんなら、その間は無防備ってことじゃん」

「それはディーナもよく分かっていることよ。だから、ほら見て」

また一艇が空母艦に帰還した。その後を執拗《しつよう》に追いかけ、攻撃を加えようとするヴィブロの艇。そこにディーナ軍からの一斉射撃が降り注いだ。

「あ、ヤバ……」

ミーリアが息を呑んだ瞬間、ヴィブロの艇が墜ちた。ついに膠着《こうちゃく》状態に風穴があく。

「空母艦に戻った艇が無防備になるのは誰でも気づくこと。だからちゃんと護っているわ。ディーナの魔空艇軍は役割を二つに分けている。一つはシールドを張って敵の魔弾を浪費させる陽動役。もうひとつは、空母艦に近づくヴィブロ艇を集中攻撃する護衛役」

「まずいな。魔空艇の数は同じくらいでも、あの空母艦のせいでヴィブロとディーナの間には圧倒的な戦力差が生まれている」

アミンが歯噛みすると、ミーリアはわたわたと手を振り始める。

「どーすりゃいいわけ!?」

「やることは一つよ」

「空母艦自体を叩くしかない」

頷き合うサーシャとアミン。

「叩くって、あんなでかいヤツ墜ちるの？」

「ヴィブロの艇が単独で攻撃しても焼け石に水でしょうね。やるなら全軍一丸となって空母艦だけに集中攻撃するしかない」

「それで墜ちるかどうかも未知数だけどな」

「未知数でも、敵だけに空母艦がある状況じゃ絶対に勝利はない。問題は、そのことにヴィブロ軍が気づいているかだけれども……」

サーシャが画面を心配そうに見やる。中央に陣取ったミラッカの艇とその取り巻きは何も動きを見せていない。下手《へた》をすると、見せかけの攻勢に喜んであぐらをかいている可能性すらありそうだ。

いっぽう陣の左右では激しい魔弾の爆発音が響き続けていた。撃っているのは相変わらずヴィブロ軍の方ばかりだが。

「ダメだ、ヴィブロは敵の策中にあることを気づいてない」

いや、最前線で攻撃を仕かけている兵たちはもどかしさに業《ごう》を煮やしているのかもしれない。が、しかしミラッカからの作戦変更がない以上、同じことを繰り返さざるを得ないのだろう。

「無能だなあのオッサン！」

「……しかたないわ。空母艦の恐ろしさに気づくには、現地だと情報が足りない」

戦局は膠着し、五分、十分と時間ばかりが過ぎていく。

そしてじわじわとだが、ヴィブロ軍の弾幕が薄くなっていく。エーテルキャットの魔力切れ。その兆候が、目に見えて明らかになりつつあった。

「あっ、撃ってきた！」

その分水嶺《ぶんすいれい》を見逃さず、ディーナの艇が攻撃に転じた。魔弾をシールドでなんとか防ぐヴィブロ艇。しかし、シールドはたった一撃の被弾で霧散する。何度も攻撃を防ぐ余力が、もはや残っていない。

「ヤバい、ヤバいって……」

陣の左右両方で、同じ光景が繰り返される。防勢一方から転じたディーナ軍がヴィブロ艇を激しく追い回し、やがて、撃墜。

陣形が崩れるのはあっという間だった。ヴィブロ軍はどんどんその数を減らしていき、左方、右方とも壊滅状態に。残されたのはミラッカが率《ひき》いる中央の軍勢だけだった。

ディーナ軍はさらに動く。隊長機を墜とすべく、左右から挟撃《きょうげき》を仕かけてきた。応戦するヴィブロ軍だが、魔空艇の数では相手が上回っている。

「もう見てらんな……お？」

「出るぞ、ミーリア」

「……んふふ、そうこなくちゃ」

アミンはミーリアの襟首を摑み、作戦本部から基地に向かおうとする。

「お祖父さま、出撃します」

サーシャもまた、王の前で傅くが早いか踵を返した。

「……任せたぞ。もはやお前たちだけが頼りだ」

全速力で駆け、自分たちの機体が収められている艇渠に入るアミンたち。

「飛べるな？」

「はい、いつでも！」

敬礼する整備士に頷きを返し、アミンとミーリアは白く輝く魔空艇の許に向かう。

「アミン！　ミーリア！」

その背中に、サーシャが呼びかけてきた。

「なんだ？」

「……お願い。死なないで」

真剣なサーシャの顔。アミンとミーリアはあえて笑顔になり、サーシャの前に身を寄せた。

「当たり前だ。リンゴ一個と引き換えるには、自分の命はちょっとばかり重い」

「前も言っていたけど、リンゴって何の話？」

どうやらサーシャはかつてのプレゼントのことを完全に忘れているようだ。

「くふふ、こっちの話。心配すんなサーシャ。アミンにはこのミーリア様がついてるんだ」

胸を張る二人を見て、サーシャも幾分か緊張を解いて微笑みを浮かべる。

「そうね。二人なら大丈夫よね」

「サーシャ。お前も死ぬなよ」

「ええ。必ず生きて返る」

こつん、と拳をぶつけ合うアミンとサーシャ。それから三人は各々《おのおの》の艇に乗りこんでいった。

「離陸準備！」

「ほいさ！」

ミーリアがグレイソヴリンの魔導器に触れると、機器に淡い光がともる。

「いけ好かないおっさんだったが死なれても夢見が悪い。全速力で助けに行くぞ」

「しかたないな。もののついでだ」

ブースターが唸りをあげる。天井が開くのと同時、アミンの艇は空に舞い上がった。

隣には真紅の機体。二艇は瞬く間に加速し、戦場へ向けて発進する。

＊

『あと７００！　ミーリア、そろそろ索敵を始めて』

「やってるよ！　いつでも準備万端だぜ！」

交戦空域が近づく。サーシャからの交信に、ミーリアは自信満々に応える。

と、その時。アミンの前の機器に、こちらへ向けて一直線に飛んでくる機影が三つ映しだされた。

「敵か⁉」

『ううん、待って！　これは……』

「ミーリア、映像だせるか？」

「もっちろん……あ」

アミンの前に映しだされたのは、青い機体。ミラッカの乗る隊長機と、その護衛と思《おぼ》しき二艇だった。

「なんてやつだ。逃げやがった」

呆れ声を響かせるミーリア。

「しょせんは他国の出来事ってわけか。自分の命に代えてまでキーライラを護る義理はないってところだろう」

「どうするアミン？　墜としちゃう？」

『やめて。よけい国際問題がややこしくなるわ』

「了解。無駄撃ち禁止だ。魔力温存しておけ」

「へーい」

何も見なかったことにして、ミラッカの艇を素通りさせてやるアミンたち。

「なんかどっと力が抜けた」

『そんな余裕はないわよミーリア。……来る！』

一瞬ほつれかけた緊張感を、ディーナの艇が呼び戻す。ミラッカの追撃に向かっているのであろう数機が正面に現れた。

「こっちは墜とすよね？」

『ええ。キーライラに近づかれても厄介だし』

「そんじゃ、パパッと！」

グレイソヴリンとセクレタリアト、両機の魔弾砲に光が満ちる。発射された速射弾が、正確にディーナ艇の胴体を射貫いた。虚を突かれシールド展開が間に合わなかったようで、そのまま煙を上げながら墜落していく。

『あと一機！』

サーシャも攻撃に成功し、状況は二対一に。こうなればもはや相手側に勝利の目はない。激しい挙動で逃げ惑うディーナ艇だったが、サーシャとアミンが発射した誘導弾が連続でその背後を捉え、シールドを打ち破って着弾した。三機目も海の藻屑《もくず》と化す。

「よっし」

『まずは準備運動といったところね。本番はこれからよ』

「一応確認しておくが、作戦は?」

『細かい艇はやり過ごして、空母艦を叩く。それだけよ』

「だよな」

「墜ちるのかな、あんなでっかいの」

『通常弾じゃ足りないでしょうね。でも圧縮弾を何発か撃ちこめば、もしかすると……』

「とびっきりのを食らわせてみるか」

『期待してるわ、ミーリア。……さあ、見えてきたわよ』

アミンも目視で空母艦の存在を捉える。近づけばなおさら、その規模の大きさに息を呑むばかりだった。

あの船を、沈める。はたして本当に可能なのだろうか。

「頼むぜ、新しい相棒」

グレイソヴリンの操縦桿をポンと叩くアミン。

「敵の機影も確認。数は……たくさん!」

「ありがとよ、見りゃわかる」

空母艦のシルエットが大きくなるにつれて、取り巻く魔空艇の姿も見えてきた。その数、百あまり。ヴィブロとの戦闘をほぼ無傷で乗り切ったディーナ艇隊もまた、大きな障壁となる。

『的は大きいわ。とりあえず一発お見舞いしてみましょう』

「了解。ミーリア、圧縮弾準備」

「あいよ！」

白と赤、二機の魔空艇に強い魔力が込められる。魔弾砲が輝き、高エネルギーに圧縮された二発の魔弾が一直線に空母艦目がけて飛来していった。

『着弾確認！　……くっ』

「ダメだ、効いちゃいない！」

圧縮弾は確かに命中し爆発音を響かせたが、空母艦を揺らすことすらままならなかった。あの程度のダメージでは、飛行に支障をきたすことはないようだ。

「距離をつめてもう一度だ」

『それしかなさそうね』

さらに前進するグレイソヴリンとセクレタリアト。そこに魔弾が降り注ぐ。二機を感知したディーナ軍が、一斉攻撃を仕かけてきた。

「狙いが甘いぜ……！」

多勢に無勢としか言いようがない状況だったが、アミンは巧みに操縦桿を動かし全弾回避する。さすがのスピードにアミンは改めてグレイソヴリンの性能に感嘆した。

『いくわよ！』

サーシャも無事だ。二機は左右に展開し、ディーナ軍の包囲網を掻い潜りながら空母艦に近づいていく。

空母艦が目と鼻の先まで迫ろうとする最中《さなか》、アミンは再びミーリアに命じる。

「圧縮弾準備！」

「りょーか……まずい、アミン！」

その時、四方八方から誘導弾が降り注いできた。さすがに避けるスペースがないと判断したミーリアが独自にシールドを展開。その全弾を受け止め消し去った。

「ごめん、圧縮弾錬成失敗！　シールドに持っていかれた！」

「いや、ナイス判断だ。助かった。魔力は大丈夫か？」

「ほとんど使ってないよ。この艇、防御力も並みじゃない！」

「そうか。それはなにより。しかし、弱ったな。近づいたら近づいたで圧縮弾を錬成する隙がない」

いったん上空に退避し、旋回しながら体勢を立て直すアミンたち。見ればサーシャも攻撃に失敗した様子だった。

『ごめんなさい。至近距離からの圧縮弾発射は、作戦として無理があったわ』

「錬成に時間がかかりすぎるのが問題だな……」

圧縮弾は強烈な威力を誇るが、そのぶん発射までの時間がかかる。大軍に囲まれた状況下で、空母艦に着弾させるのは物理的に困難を極めた。

「んじゃ、どーする？　周りの艇を沈めてから空母艦をやる？」

「それじゃヴィブロの二の舞だ。魔剤が一本あるとはいえ敵の回復力を上回れない」

やはり、まず空母艦を墜とす、という作戦は変更できない。しかし、近づいて圧縮弾を錬成するのは不可能。二律背反《にりつはいはん》の命題が、アミンたちを襲う。

「サーシャ、シールド展開しながら圧縮弾の錬成はできないのか」

『さすがに難しいわ。不可能とまでは言わないけど、圧縮弾の威力が落ちるのは避けられないわね』

「それでも試してみる価値はある……というより、そこに賭けるしかなさそうだ。ミーリア、できそうか？」

「やってやるさ。あたしはしじょーさいきょーのエーテルキャット！」

次なる攻撃の手段は決まった。サーシャとアミンたちは空母艦から距離を取り直し、ブースター点火と共にシールドを錬成。敵の弾幕を受け止めつつ、さらに圧縮弾の発射準備も並行しておこなう。

「ぬわー頭が焼きつきそう！」

「頑張れミーリア、あと少しだ！」

空母艦が目の前に迫る。あと少しで衝突する、というところで、

「圧縮弾発射！」

「いっけええええええ！」

ミーリアが蓄積させたエネルギーを放出する。同時にアミンは操縦桿を引っぱり、空母艦の真上をやり過ごす。

左右から爆発音が響いた。どうやらサーシャも同じ攻撃に成功した模様。改めて、二人のエーテルキャットの潜在能力に唸らされるアミンだった。

残る問題は、ダメージ。

「アミン、効いてる!?」

「………ダメだ、足りない」

空母艦の胴体から煙は上がっているが、致命的な損傷を与えるには至らなかった様子。大船は悠然と、今もなお空に舞い続けている。

「ちくしょー、なんてデカくてカタいやつだ」

ミーリアが魔導器をどんと叩く。今の攻撃でも効果が薄いとなるといよいよ打つ手に困窮《こんきゅう》してくる。至近距離でフルパワーの圧縮弾を食らわせられれば話は違ってくるだろうが、大軍に護られた空母艦との距離を詰めるにはどうしてもシールドが必要。そちらに魔力を食われてしまう限り圧縮弾の威力はこれ以上あげられない。

「シールドを張らないで接近する方法はないか……？」

「それは無理だよ。一斉に攻撃されたら、いくらこの艇だってバラバラになる」

「……だよな。シールドは必要。しかし」

シールドを展開すれば、圧縮弾がパワー不足になる。

矛盾する問題に、頭を抱えるアミン。

『ねえ、アミン――』

「…………………待てよ。シールド。そうだ、シールドだ」

『――？』

サーシャが何か語りかけようとしたとき、アミンの頭に天啓《てんけい》が降りてくる。シールド展開が避けられないなら、いっそ。

「シールドで攻撃しちまえばいい」

『……どういう意味？』

「シールドに魔力を全振りして、空母艦に突っこむ。俺たち自身が魔弾になるんだ」

呟くと、サーシャとミーリアが同時に息を呑んだ。

「それなら確かに、あのデカい船を貫けるかも」

『でも、失敗したら』

「その時は俺たちも残骸と化すな。……どうするサーシャ、乗るか？」

しばしの沈黙。しかし、やがて。

『やりましょう。成功すれば、確実に致命傷を与えられる』

「……よし。ミーリアは？」

「魔力比べでサーシャに負けるわけにはいかないね。やってやる！」

双方から同意を得られた。危険な賭けだが、艇の性能と二人のエーテルキャットの潜在能力が合わされば、決して無謀《むぼう》な自爆とはならないはずだ。

「上昇する！　サーシャは後部を狙ってくれ。俺たちは前部をやる！」

『わかったわ！』

ブースターを燃やし、空目がけて急上昇する白と赤の二艇。敵軍が追尾してくるが、お構いなしでどんどん高度をあげる。

雲を突き破ったその瞬間、グレイソヴリンもセクレタリアトも『へ』の字の軌道を描いて急降下。重力をも味方につけ、全速力で空母艦に近づいていく。

『シールド展開！　全力だ！』

「任せろっ！」

ミーリアの両手が輝きを放つ。その瞬間、艇の周りに虹色のオーラが渦を巻いた。敵艇が魔弾を放ってくるが、ものともせず落下を続けるアミンたち。

「さあ、ぶつかるぞ！」

「違うね、突き抜けるッ！」

空母艦の甲板に艇首が触れると、轟音が鳴り響いた。衝撃は受けない。シールドが装甲を破った証拠だった。

「つ・ら・ぬ・け〜ッ！」

ミーリアが叫ぶ。辺りは真っ暗になり、バリバリという破壊音だけが五感に届いた。

やがて、光。

不意に目の前が明るくなる。空母艦の装甲を切り開いて、底部からグレイソヴリンが空に舞い戻った。

「やったよアミン！」

「サーシャは⁉」

艇を水平飛行に戻し、眼を凝らす。するとアミンたちに少し遅れて、サーシャもまた空母艦の後部に風穴を開け姿を現した。

『作戦成功ね！』

サーシャの元気な声が通信を介し届く。ほっと胸をなで下ろすアミンたち。

「あとは、敵さんのダメージがどれほどか」

「さすがに沈むだろ、沈めっ！」

黒煙を上げる空母艦。次第にその飛行はおぼつかないものになっていき、ついには完全に横倒しとなった。

重力に負け、空母艦が海へと落下していく。

『墜とした！』

「ひゃっほう！　あたしたちに不可能はナシ！」

歓声をあげるサーシャとミーリア。アミンも責任感から解放されて自然と大きなため息が漏れた。

「あらためて、すごい艇をありがとうなサーシャ」

『こちらこそ、よ。グレイソヴリンを受け取ってくれたのが、あなたたちで本当によかった』

「さて、残る仕事は残党狩りか」

『そうね。……終わらせましょう』

母艦を失い、右往左往しているディーナ軍の魔空艇に矛先を向けるアミンたち。そこからは一方的な蹂躙《じゅうりん》が続いた。たった二機が、百機近い魔空艇の軍を次々と墜としていく。

「これで、三十三！」

ミーリアの速射弾がまた一機ディーナ艇を捉える。空を広く使い、なるべく敵を拡散させるように仕向けながらアミンたちは各個撃破を繰り返した。

敵の全滅は、時間の問題。

そう思えた、その時だった。

「っ!?　アミン、高魔力反応！　下から！」

「なに!?」

ミーリアの叫び声に呼応して、艇を半回転させるアミン。その脇を、細長い魔弾がかすめていった。

「圧縮弾!?　ディーナ艇にも撃てる機体が!?」

『いえ、汎用機じゃ無理なはず！　…………な、あれは』

サーシャが息を詰まらせる。大旋回しながら攻撃してきた艇を探すアミンたち。

すると視界に入ったのは、グレイソヴリンやセクレタリアトの倍はある、大型の魔空艇一機だった。

「あの艇は……？」

「エタン……。空母艦だけじゃなく、あっちも完成していたのね」

「エタン!?　どんな艇なんだ？」

『グレイソヴリンとセクレタリアトの改良型』

「改良型ってことは、性能もあっちが上ってこと!?」

信じられない、といった風に叫ぶミーリア。

『いえ、性能自体の比較は難しい。ただ、乗り手を選ぶ機体だったグレイソヴリンとセクレタリアトの弱点を克服した艇に仕上がってるはず』

「つまり、どんな魔空士でも動かせる艇ってことか？　どうやってこのじゃじゃ馬を調教したんだ……？」

『簡単な話よ。エタンには、エーテルキャットが三人搭乗してる』

「三人!?」

『そう、三人。エーテルキャットの役割を分担させることで、魔空士に負担をかけることなく高機動、高威力を実現した機体。それが帝国の最新兵器、エタンよ』

サーシャの話を聞きながら、遠巻きにエタンと呼ばれた帝国機を観察するアミン。敵もこちらの出方を窺っているのか、先ほどの一撃以来攻撃してくる気配がない。

『愚妹《ぐまい》よ、聞こえているか』

すると突然、敵機から大音量の声が響いた。女だ。

『その声、ルリス姉様……?』

「ねえさま?」

「ディーナ帝国の第二王女、ルリス・ウル・ディーナのことか……?」

『サーシャ。お前には呆れ果てた。お父様の崇高《すうこう》な理念を無視し、あろうことか機体を奪ってキーライラに下るとはな。恩を仇で返すとはまさにこのこと』

『…………お父様は、間違っています。なぜ、この様な侵略を続けるのか』

『黙れ。余計な血の混じったお前如《ごと》きにお父様のお考えを理解などできぬわ』

サーシャの訴えに、聞く耳を持たないルリス。もともとサーシャのことをよく思っていない気配が、節々から感じ取れた。

「アミン、余計な血って?」

「サーシャの母親がキーライラ人だからだろ」

「あの偉そうなヤツは違うの?」

「聞いたことがある。第二王女まではディーナ人の后《きさき》が生んだ子で、その后が死んでキーライラから新しく嫁いだ人が王妃になったたって。だからサーシャだけ異母姉妹なんだ」

「それでサベツしてるのか。なんかムカつくな」

もちろんそれだけがルリスの怒りの原因ではないだろう。サーシャはディーナから艇を奪い亡命している。その事実こそがいちばんの勘所《かんどころ》なのは間違いない。

だが、ミーリアの言う通りルリスが根源的な理由でサーシャを嫌っている側面もまた感じ取れた。

『最後の慈悲だ。大人しく投降しろ。そうすれば、斬首刑《ざんしゅけい》という形で名誉の残る死を与えてやる。ディーナ人としてな』

『……姉様。それはできません。私はもう、キーライラにこの身を預けました。キーライラ人として、お父様の侵略を止める覚悟です』

『ならば、海の藻屑と化せ!』

ルリスの艇全体が青白く光った。次の瞬間、いくつもの魔弾がうねりを上げながらアミンとサーシャの艇を襲う。

「くっ！」

すんでの所で魔弾を躱すアミン。サーシャの艇も無事のようだ。

「やるしかないようだな。サーシャ、覚悟はできてるか？」

『……ええ、大丈夫。いつかこうなることはわかっていたから』

「よし、なら行くぞ！　ミーリア、魔剤飲んどけ！」

「りょーかい！　フルパワーで墜としてやる！」

『左右から攻めましょう！』

サーシャの提案に頷き、二手に分かれるグレイソヴリンとセクレタリアト。ルリスの艇に接近しつつ、魔力を蓄積させて圧縮弾の発射態勢に入る。

「まずい、撃ってくるよ！」

エタンの機体が青白く光る。そして再び、大量の魔弾が無作為に放出された。それを躱しつつ圧縮弾を放つアミンだったが、回避動作で照準がずれて着弾させることができなかった。

「おいおい。魔弾砲、いくつ積んでるんだ……？」

『おそらく主砲が二、副砲が四』

「こっちとサーシャの機体を合わせても手数で負けてるのか……」

ひとつひとつの威力は未だ不明ながらも、エタンの魔弾発射能力は驚異に値するものだった。弾幕を掻い潜って圧縮弾を叩きこむのは、至難の業になりそうだ。

「なら機動力で勝つしかないね！」

「だな。攻撃手法は通常弾に切り替える。背後を奪うぞ」

『了解よ！』

ブースターを燃やし、出力を高めるアミンとサーシャ。させじとルリスの艇も速度を上げる。

空上で始まる追走劇。しかし、アミンたちの二機とエタンとの距離はなかなか縮まらない。

「デカい図体してるくせになんて速さだ！」

「出力系に専念してるエーテルキャットがいるんだろうな……っと!?」

やっと背後が見えてきたと思った矢先、大量の速射弾が降り注いできた。機体性能がサーシャの言う通り同等だとしても、魔力供給元を分散できるぶん行動ひとつひとつの瞬発力でアミンたちは劣勢に立たされていた。エタンがグレイソヴリンとセクレタリアトの改良型と呼ばれる所以《ゆえん》を肌で理解する。

『アミン、気をつけて！』

「わかってる」

またしてもエタンの機体全体が青白く光る。そして拡散する大量の魔弾。回避行動を取っている間に、エタンは急旋回して今度はアミンたちの後ろに回った。

「攻守逆転か……！」

『アミン、私が姉様を引きつける。その隙に……』

「わかった。墜とされるなよ！」

わざと速度を緩めたセクレタリアトの背後を取り、猛攻撃を仕かけるエタン。サーシャは巧みな挙動で全弾を躱すが、どんどん距離が詰まっている。見ていて心臓から冷や汗をかく思いがするアミン。

「アミン、今のうちだ！」

「ああ！　下から行く！」

アミンは高度を下げ、セクレタリアトとエタンの腹を仰ぐ。そこから急上昇しつつ、圧縮弾の発射態勢に。

「いっけぇ！」

ミーリアのかけ声と共に、エタンに向けて攻撃を仕かけるアミン。今度はきっちりその胴体を捉えている。

圧縮弾が当たり、エタンから爆煙が上がる。

「やったか!?」

「……ダメだ、シールドで防がれた！」

エタンは無傷だった。それどころか何事もないようにサーシャへの執拗な攻撃を続けている。

「なんであんなに魔弾撃ちながらシールド展開できるんだよ！　反則だろ！」

「エーテルキャット、一度に三人も敵に回すと厄介すぎるな……。とりあえずサーシャを助ける！」

アミンはそのままエタンの背後を取り、通常弾を連発。全てシールドで防がれてしまったが
それは想定の範囲内だった。

「またアレが来る！」

「サーシャ、いったん離脱しろ！」

『了解、ありがとう！』

機体全体を青白く光らせ、八方に拡散する魔弾を放つエタン。背後を取っても、その爆発的
な攻撃力の前ではあまり意味を成さないと改めて思い知らされた。

「くそ、どうしても行動で一手上を行かれちまう」

体勢を立て直すためエタンから距離を取ったアミンとサーシャ。歯噛みしていると、ミーリ
アも頭を掻きむしりながら叫んだ。

「あーもう！　ねーサーシャ！　なんか隠し球とかないのこの機体!?」

『あるわ』

「そう世の中甘くないか……って、あるの!?」

サーシャの短い一言に、アミンもまた驚かされた。

「まだ潜在能力を秘めているのか、グレイソヴリンとセクレタリアトは」

『実は、まだ説明していないこの機体独自の機能が残ってる』

「なんで今まで黙ってたのさ！」

『空母艦に突入する前、言いかけたんだけど。正直、不安も多いのよ。私もまだ、一度も使ったことがない機能だから』

「それは、エタンに対抗できる類《たぐい》のものなのか？」

『もし、理想通りに動けばね。……試してみる？』

見つめ合うアミンとミーリア。無言ののち、二人は短く頷いた。

「どうせこのままじゃジリ貧だ。できることがあるなら全部試してみよう」

『……わかったわ。アミン。操縦桿の左下に、カバー付きのボタンがあるでしょう？』

「カバー付き？　これか」

『それを押して。カバーを外してね』

「今すぐか？」

『ええ、この状態なら作動するはず』

気付けばサーシャのセクレタリアトがすぐ真横を併走《へいそう》していた。ずいぶんと距離が近い。

「わかった。押すぞ」

理解が追いつかないながらも、アミンはボタンに手をかけた。エタンとはまだ距離がある。攻撃の類ならここから放っても躱されてしまいそうだが。

ずいぶんと大仰《おおぎょう》な赤いボタンを押しこむ。すると。

「わ、なんだ!?」

グレイソヴリンが横倒しになり、地面と垂直に飛行を始めた。驚いて座席から転げ落ちそうになるミーリア。

「おいサーシャ、制御が効かなくなったぞ!?」

『それでいいの。しばらくじっとしていて』

思わず窓の外を見ると、サーシャの機体も横向きに飛んでいた。しかも、距離がさらに狭まっている。今にも二機の胴体が触れ合ってしまいそうだ。

否、『しまいそう』ではなく、実際に触れ合った。そしてアミンの機体からボルトのようなものが伸び、サーシャの機体の腹部を貫く。

「な、これってまさか……?」

さらに両機は変形を続け、それぞれのパーツを絡み合わせる。二機だった機体が、一機に。まったく新しい白と赤の魔空艇に変貌《へんぼう》した。

「合体した!?」

『そう、これがセクレタリアトとグレイソヴリン独自の機能――インブリード』

「インブリード……それで、どうなる。どっちが操縦するんだ?」

『操縦桿はアミンに委《ゆだ》ねる。今から私も、魔空士アミンの翼になるわ』

「つまり、サーシャはエーテルキャットに専念する……?」

『これで、エーテルキャットの数は三対一から三対二になった。まだ一人足りないけど……』

「じゅーぶんだ。あたしとサーシャなら！」

ニヤリ、と口角を上げるミーリア。確かに強烈な魔力をもつ二人が同時に魔力を与えてくれるなら、その効果は計り知れない。

『くすっ。私のことを認めてくれてありがとう、ミーリア』

「あ。……い、今のはべつにそーいう意味じゃなくて！」

『……話は後よ。エタンが来る。ミーリアは攻撃に専念して。ブースターとシールドは私が動かす』

「了解だ、行くぞ」

「あ、あたしはサーシャのことなんか認めてないからな〜！」

「ケンカなら勝ってからしようぜ。集中しろミーリア」

「んぐ、わかったよ！」

「サーシャ、全速前進」

『了解』

「……うお」

操縦桿から艇に息吹を込めて、アミンは感嘆した。速い。さらに速度が増している。ブースターが四つに増えた効果もあるのだろうが、サーシャが飛行に専念すればこれだけのポテンシャル

を引きだせるということでもあるのだろう。

上昇軌道を描き襲ってくるエタンを、まずは一直線に振り切りにかかるアミン。二機の距離が、次第に開いていく。

「いける。速度で上回ってる」

『速度だけじゃないわよね、ミーリア』

「もっちろんだ！　アミン、後ろを奪って！」

「ああ、捻りこむ！」

アミンが行おうとしている『捻りこみ』という技は、エーテルキャットとの完璧な連携なくして実現しない。ブースターと操縦桿の同期が肝要になるからだ。

しかし、アミンは疑わなかった。サーシャなら。初めての交戦の際、アミンたちの捻りこみを一発でトレースしてみせたあの感性なら、アミンの挙動は以心伝心《いしんでんしん》となるはず。

艇を急上昇させるアミン。地面と垂直になり、そのまま機体が一回転しようかという瞬間、

「サーシャ、頼んだ！」

『いくわよ！』

サーシャがブースターの右半分を遮断《しゃだん》する。バランスを崩した艇は一瞬きりもみ状態になるが、すかさず再点火されたブースターのおかげで水平飛行に戻ることができた。

その動きにエタンはついてくることができず、前後関係が逆転した。アミンの視界に、エタ

ンの背後が映る。

「さあ出番だぞミーリア！」

「がってん！」

アミンはエタンとの距離をさらに詰め、攻撃の照準に入れる。刹那、エタンの機体全体が青白く光った。

『来るわ、防御する。構わず追いかけて！』

「頼んだぞサーシャ！」

八方に拡散されるエタンの魔弾。その何発もがアミンたちを捉える。

「わはは、効いてないよん！」

しかし、全てが着弾前に爆発して散った。サーシャの張ったシールドがはじき返してくれた。

「サーシャ、魔力は!?」

『まだまだ余裕。さあ、今度はこっちの番よ』

「ああ。ミーリア、圧縮弾準備！」

「とびっきりのをお見舞いしてやる！」

右へ左へと艇尾を振り、アミンたちを振り切りにかかるエタン。しかしアミンは巧みに操縦桿を捻り、何度も照準を整え直す。

そして、再びアミンはエタンを視界のど真ん中に捉えた。

「今だ、発射！」

「いっけぇ！」

アミンたちの機体から細長い魔弾が発射される。魔弾は一直線に、エタンの艇尾ど真ん中に着弾——

「く、シールドか！」

——したかと思われたが、敵もまたシールドを展開していた。ミーリア渾身《こんしん》の圧縮弾は機体を射貫く直前で爆発霧散した。

「ちくしょー、全力だったのに！」

『まだまだこれからよ。諦めずに撃って！』

「言われなくてもそーするさ！」

戦況は、未《いま》だ背後を取っているアミンたちが有利。更なる攻撃を仕かけるべく、アミンはエタンを追った。

いっぽうエタンもいたずらに逃げるばかりではない。再び機体を青白く光らせ、拡散する魔弾をアミンたち目がけ放ってくる。

「サーシャ！」

『いくらでも受け止めるわ！』

シールドに跳ね返される魔弾。躱すことは考えず、サーシャの防御網に全てを委ねてアミンは追跡を続けた。

こうなれば持久戦だ。どちらのシールドが破られるか。先にエーテルキャットの魔力が尽きた方が、墜ちる。

アミンの自信に揺らぎはなかった。相手がいくら三人のエーテルキャットを乗せていようと、サーシャとミーリアなら。二人の魔力を搭載したこの艇なら、最後まで飛び続けていられる。

そう信じて、回避行動は一切取らずエタンの背後を追尾することに専念した。

「ミーリア、あと何発撃てる?」

「細かく分ければ何発でも。フルパワーなら……二発かな」

「よし、その二発で決めるぞ」

手数の多い敵の弾を何度も受け続けるより、短期決戦に賭けることにしたアミン。逃げ惑うエタンのすぐ後ろまで迫り、圧縮弾の発射態勢に入る。

二機は同時に攻撃を放った。双方のシールドに着弾。そして。

「やった!」

エタン側のシールドが音を立ててはじけ飛んだ。ミーリアが渾身の力をこめて放った魔弾が、敵の防御網を突破したのだ。

すなわち、敵側シールド役のエーテルキャットにはもう魔力が残っていない。次の一発を当てれば、こちらの勝ちだ。

「このまま決める！」

意気込んでアミンが操縦桿を握りしめたその時、想定外の攻撃を受けた。

「ちょ、マジか⁉」

ディーナ軍の残機が、アミンたちの艇目がけて真っ正面から体当たりを仕かけてきたのだった。当然のようにシールドにぶつかって塵《ちり》と化すが、辺りに立ち上った爆煙のせいで一瞬エタンを見失うアミン。視界が開けた時には、もう既にエタンは上空に退避した後だった。

「無駄死にしやがって……」

後味の悪さを感じながら、再びエタンを捕捉すべく操縦桿を引き上げるアミン。

『ルリス様！　繰り返します！　本部から撤退命令です！　どうかお退《ひ》き下さい！』

その時、ディーナ軍から大音量の通信が響いた。口調からして、撤退命令は今さっき出たものではなさそうだ。もしかすると、空母艦が墜ちた瞬間から下されていたのかもしれない。

それを無視して戦い続けていたルリスに我慢の限界を迎えたディーナ兵が直接呼びかけた。

アミンはそんな筋書きを予想する。

『……ちっ。覚えておけよサーシャ。この勝負一度預ける』

味方の特攻に感情を動かされたわけではなかろうが、ルリスは命令に従う選択をしたようだ。

旋回し、ディーナ領に向けて全速力で逃飛行を始めた。

「にがすか！」

「待て、ミーリア。……サーシャ、どうする？」

「とりあえず、キーライラを守れた。それでよしとしましょう。ディーナ領まで追いかけて増援と出くわすのも分《ぶ》が悪そうだし」

サーシャの判断で、追撃は取りやめるアミン。残軍を引き連れて去っていくエタンをその場で見送ることにした。

「くそ～、あと一発でいけそうだったのに」

『すごい威力だったわ、ミーリア。改めて尊敬する』

「……ふん、いつもいってるだろ。あたしがしじょーさいきょーのエーテルキャットだって」

『ふふっ。本当に、そうかもしれないわね』

サーシャの笑い声を聞いて、ふっと息を吐くアミン。守り切った。たった二機で、ディーナの大軍を追い返した事実に、今さらながらの高揚感を覚える。

ディーナ帝国によるキーライラ王国侵略戦争は、キーライラ側の勝利でひとまず幕を閉じたのだった。

そう、ひとまず。これからネイア海近隣国家は激動の時代を迎えるだろう。体勢を立て直したディーナが再び攻めてくることは、想像に難くない。

だとしても、と。アミンは自分に言いきかせるようにそっと呟いた。

「これでリンゴ一個分くらいは、働いたかな」

＊

アミンとミーリア、そしてサーシャはキーライラ王国に喝采で迎えられ、その夜は盛大な宴が開かれた。

「これ、うまっ！　これも！　これも！」

贅の限りを尽くしたのであろうキーライラ料理に舌つづみを打つミーリア。確かにこの繊細《せんさい》な味つけは、この国の風土をよく表しているとアミンも思った。野蛮《やばん》を好まない優しい国の料理だ。

「アミン、どこへ?」

宴もたけなわというころ、無言で席を立ったアミン。サーシャにめざとく見つけられ、質問される。

「ちょっと風に当たってくるだけだ」

「そう。……私もいっしょしていい?」

「ご自由に」

肩をすくめると、サーシャも静かに席を立った。ミーリアはまだ食事にご執心《しゅうしん》のようなので放っておくことにした。それにしてもよく食べる。

バルコニーに出た二人。しばし無言で、街の様子を眺《なが》め続ける。ある程度復興が進んだ市街地もまた、祭りの真っ最中のようだ。あちこちにともる灯りが、夜を彩っていた。

「サーシャの言った通りだな」

「え?」

「綺麗な街だ。人の優しさが滲《にじ》みでている」

「……ええ、そうね。私もお母様から聞いた通りだなって思っていたところ」

バルコニーの縁《ふち》に手をかけ、微笑み合う二人。涼やかな風が、その間を吹き抜けていく。

「アミン、本当にありがとう。あなたがいなかったら、この美しさを守り切れなかった」

「そうでもないさ、謙遜するな。それに、礼ならいらない。言ったろ、残ってた借りを返しに来ただけだって」

「やっぱり、いってしまうの?」

「今回改めて感じさせられたよ。国同士のいざこざなんて性に合わないって。せっかく翼があるのに、縛られて生きたくない」

「……そう」

寂しそうに笑うサーシャ。でもそれ以上はなにも追及しないでくれた。

「明日には、旅立とうと思う。すまない」

「謝る理由なんてなにもないでしょ? それとも……少しは私のこと心配してくれてる?」

なぜか頬を染めるサーシャ。アミンも答えに窮しながら、顔が熱くなるのを感じた。

「一文字違う、かな」

「一文字?」

「サーシャのことは『心配』じゃなくて『信頼』してる。だから、その、なんだ」

「なに?」

「死ぬなよ」

「……くすっ。ええ、生きるわ。かならず。アミンも気をつけてね」

「油断するわけじゃないが、グレイソヴリンとミーリアが俺を生かしてくれるよ。最高の艇をありがとう」

「こっちこそ、受け取ってくれてありがとう。何度も言うけど、あの艇がディーナじゃなくてあなたの許にあることで、どれだけ安心できるか」

アミンとサーシャはまっすぐ向き合い、こつんと拳を重ね合わせた。

「それじゃあ、元気でねアミン」

「ああ。サーシャも」

短い別れを告げる二人。

市街地から花火が上がった。はかなく散っていく光に照らされながら、アミンとサーシャはしばし互いの瞳を見つめ合うのであった。

Lulis

CHARACTER PROFILE

ルリス 身長166cm

ディーナ帝国の第二王女。父に絶対的な服従心を抱いており、どんな命令も涼しい顔でこなす。

Illustrator's Comment

随所に妹のサーシャと同じモチーフのデザインをほどこしてます。

エピローグ

epilogue

「しかし帝国ってでっかいねー」

「そりゃ、帝国だからな」

宴ののち旅立ったアミンとミーリアは、いったんネイア海を離れた。他の国の情勢を確かめるべく、近隣国家を飛び歩いている最中だ。

「ほんでどこもピリピリしてる。帝国から他の国に逃げたいなんて人、いそうにないね」

「キーライラが特殊だったことを肌で感じさせられるよ。『逃がし屋』稼業も潮時かな」

「どーすんの？　やだよあたし、貧乏生活は」

「わかってる。……これからゆっくり考えるさ」

「あー、キーライラのご飯美味しかったな〜」

「……残りたかったか？　キーライラに」

「自分に聞きなよ。あたしの居場所はアミンの隣。アミンのいるところにあたしはいる」

「ズルい答えだ」

「くふふ、そーだよ。女はズルいのさ。……そーゆー意味じゃあ、キーライラは危険な国かもしれないいな」

「なんで?」

「サーシャがアミンをローラクしようとするから」

「籠絡《ろうらく》って。サーシャはそういうタイプじゃない」

「そういうタイプじゃないからアミンなんかコロッといっちゃうんだよ。おお怖い怖い」

「別にサーシャは俺のことどうこうしようとは思ってないだろ」

「ニブ助」

「心外だ」

これ以上は会話にならないと判断し、アミンは黙りこむ。

グレイソヴリンは今日も快調に大空を舞っていた。

「ねーアミン、おなかすいた」

「お前最近そればっかりな」

「おなかは毎日すくんだよ！　それに、アミンがろくなもの食べさせてくれないのが悪い」

「わかったわかった。一度ネイア海に戻るか」

「はいはい。いつものとこね」

針路を切り替えるアミン。結局今後の見通しは立たないまま、かつての『日常』を求めて舞い戻る。

＊

空賊たちの根城が見えてきたころ、最初に異変に気づいたのはミーリアだった。

「……アミン、なにあれ？」

「っ！」

入江にもくもくと立ち上る黒煙。そして、空から降り注ぐ魔弾。

空賊たちが、襲撃を受けている。

「ミーリア、全速力！」

「うん……！」

急いで駆けつけるアミンたちの目の前に、何機もの魔空艇が姿を現した。刻まれている紋章は、ディーナ帝国のもの。

「こいつら何してんだ!?」

焦燥《しょうそう》に任せ、魔弾を発射するアミンたち。帝国の艇が一機墜ちた。

しかしその間に二機、三機と交戦している空賊たちの艇も墜とされていく。

『アミンじゃないか！　良い所に来たね！』

「……ロライマ！」

突然通信が入った。辺りを見回すと、ロライマの艇がアミンたちを見つけ傍に近づいてきているところだった。

「なんでこんなことになってる!?」

『帝国様の気まぐれだよ。キーライラ攻略の拠点にするからウチらの根城を引き渡せときたもんだ。断ったらこのザマさ』

「帝国とは協力関係にあったんじゃなかったのか!?」

『そんなの向こうの風向き一つってこと。帝国は自分たちに利があると思っていたからウチらを野放しにしてた。でも、優先順位が変わったってことだろう』

「……く、すまない。俺が離れていたばかりに」

『なに言ってんだ、そりゃ逆に恩着せがましいよ』

『ロライマ様、また仲間が……！』

『おっと、無駄話はこれくらいだ。長としての仕事をしないとな』

「迎撃に出るつもりか!?　やめとけ、お前の艇、もうボロボロじゃないか！」

『じゃあな、アミン、ミーリア。お前たちとの暮らし、楽しかったよ』

「待て、待てって！」

帝国軍に追い回されている空賊の艇目がけ、ロライマたちが急上昇していった。そして魔弾を発射し、仲間から注意を逸らさせる。

攻撃を受けた帝国の艇は、怒りの矛先をロライマたちに向けた。

「ミーリア！　圧縮弾！」

「もうやってる！」

その声が届くのが早いか、発射される魔弾。青白い光は正確に帝国の艇を射貫き、爆発炎上させた。

しかし。

「ロライマ！　リゼッ！」

帝国の艇もまた、撃墜される直前に魔弾を発射し終えていた。魔弾はロライマの艇に直撃し、二度目の爆発音が響き渡る。

「うそだ……うそだーっ！」

叫ぶミーリア。黒煙をあげながら、波の荒れ狂う岩礁地帯に墜落していくロライマの艇。

「ロライマ！　リゼ！　応答しろ！　応答してくれ！」

その後ろを追いかけながら叫ぶアミンだったが、返事はない。

やがて、ロライマの艇は岩礁にぶつかり、残骸を残して炎に包まれた。

「…………」

「…………」

喉《のど》が貼《は》りついたように渇《かわ》き、声も出せないアミン。ミーリアもまた、言葉を失い呆然《ぼうぜん》としている。

「……ころす。ころしてやる」

ようやく短い言葉を吐いたのはミーリアだった。アミンは無言のまま、操縦桿を引き上げる。

たった一機で帝国軍に立ち向かうグレイソヴリンは、ものの数分で敵機を全滅させた。

空賊たちの艇の残骸の真上で。

＊

入江に着陸したアミンたち。

ひどい有様《ありさま》だった。

活気が絶えなかった酒場も、アミンたちにベッドを貸してくれていた家も、気の良い整備士がいつも笑っていた格納庫も、子どもたちの遊び場も、全て消し炭と化していた。

嫌な匂いがした。人の焼ける、嫌な匂いが。

「俺は、間違えたのか？」

「……なにが？」

「空賊たちの仲間になっていれば、こんなことは起こさせなかった」

「そしたら、キーライラが占領されてたよ」

「でも」

どん、とミーリアがアミンの腹に拳を叩きこむ。痛くはない。痛くはないが、重かった。

「まだ迷うの、アミン。帝国はあたしたちを引き裂こうとした。キーライラを踏みにじろうとした。ロライマとリゼを……空賊たちを殺した」

「何も迷ってなんかない。本当に、国ってやつは最低だ。そんなものに、関わりたくない」

「でも！」

ぽん、とアミンはミーリアの頭に触れる。

「でも、もうたくさんだ。もう、国がどうとか関係ない。これ以上、ディーナ帝国になにかを奪われ続けて生きるなんてまっぴらだ」

「……アミン」

硬い面持ちのまま、アミンは空を見上げる。

キーライラ王国のある方角を、アミンはじっと見据え続けた。

あとがき

はじめまして、あるいはお久しぶりです。蒼山サグです。

今回このようにⅡⅤレーベルから本を出させてもらうことになり、『何書いても良いよ』というありがたいお言葉を頂戴したことから今までとは少し違う作風にチャレンジしてみました。楽しんで頂けたようでしたら心から嬉しく思います。

……今までと違う作風といいつつ、ヒロインの年齢！　というツッコミは避けられそうにありませんが。そこはまあ、なんといいますか。ある種の責任感といいますか。

さて、物語はひと段落しましたが、どうやらアミンとミーリア、そしてサーシャの波乱に満ちた人生はまだ幕を開けたばかりのようです。

ぜひ続きを書きたいなと思っているので、もしよければこれからもお付き合い下さいませ。

これ以上はネタバレになりそうなので本作に触れるのはこれくらいにして、近況報告らしきものを。

どうしたことか、２０２１年に入ってからすごい勢いで複数ジャンルの仕事を頂いておりまして。たいへんありがたいことです。

ありがたいことなのですが今までわりとシングルタスクで生きてきた人間なので、多重に襲いかかる締め切りの波に戸惑いを隠しきれないというのもまた、正直なところだったり。

スケジュール管理、そして体調管理には心から注意して日々を過ごさなければと自分に言いきかせております。

しかし、こと体調の方に関しては完全にセルフコントロールできる類のものではないので、急病や事故などにことさら気をつけて生きねばと身を引き締めるばかり。

ラノベ作家としてデビューしてから十年以上が経過しましたが、今年はいろいろな角度からターニングポイントとなりそうです。無事乗り切れるよう、天にも祈りつつなにより自分でリスクを背負う行動は慎まなければな……と。

具体的には酒とか。もう昔のように牛飲するのは控え、適度な範囲で楽しむことを心がけるようにします。

こちらは喜ばしいことではないのですが、情勢的にも仲間と集まって飲む、みたいな機会は壊滅しているので、今年も半分以上終わった段階で宣言するのもなんですが『健康第一』をモットーに掲げて荒波を乗り切りたいと思います。

コロナ禍で大変を強いられている方も多いのではないでしょうか。そんな中で本作をお手にとって下さり、改めて御礼申し上げます。素晴らしいイラストで華を添えて下さったso品先生を始め、多くの方の協力でリリースに至れたことにも、深い感謝を。

今後とも私の著作に触れて頂けましたらこの上ない幸せです。それではまた。

新作刊行
おめでとう
ございます!

初出
本書は書き下ろし作品です。

IIV
魔空士《まくうし》の翼《つばさ》
SkyMagica

著　者｜蒼山《あおやま》サグ
イラスト｜so品《そひん》

2021年7月26日　初版発行

発行者｜鈴木一智
発　行｜株式会社ドワンゴ
〒104-0061
東京都中央区銀座4-12-15 歌舞伎座タワー
ＩＶ編集部：iiv_info@dwango.co.jp
ＩＶ公式サイト：https://twofive-iiv.jp/
ご質問等につきましては、IIVのメールアドレスまたはIIV公式サイト内「お問い合わせ」よりご連絡ください。
※内容によっては、お答えできない場合があります。
※サポートは日本国内のみとさせていただきます。
※Japanese text only
発　売｜株式会社KADOKAWA
〒102-8177
東京都千代田区富士見2-13-3
https://www.kadokawa.co.jp/
書籍のご購入につきましては、KADOKAWA購入窓口0570-002-008(ナビダイヤル)にご連絡ください。
印刷・製本｜株式会社暁印刷

ISBN978-4-04-893082-6　C0093
Printed in Japan

偏愛従者が勇者を創る⁉
勇者×記憶喪失
ファンタジー小説!!

さらば勇者だったキミのぜんぶ。
GOODBYE, MY BRAVER

著者／ハセガワケイスケ
イラスト／緜

判型 B6判
発行・ドワンゴ／発売・KADOKAWA

世界を救った勇者 ユーリは勇者として活動していた2年間の記憶を失ってしまっていた。その異変に唯一気が付いた元勇者パーティーの美少女リノンはある歪んだ提案を“元勇者”に持ちかける……。

IIV

IIVとは

IIV（トゥーファイブ）は、小説・コミック・イラストをはじめ楽曲・動画・バーチャルキャラクターなど、ジャンルを超えた多様なコンテンツを創出し、それらを軸とした作家エージェント・作品プロデュース・企業アライアンスまでをトータルに手掛けるdwango発のオリジナルIPブランドです。